public aFairs

Peter [illegible]
Dezember 2016

Der Autor:

Peter Borstel (Jahrgang 1965) ist Journalist und PR-Berater. Er lebt in Bad Homburg und veröffentlichte bereits mehrere Bücher mit regionalem Hintergrund. „Hessisch Roulette“ ist sein erster Kriminalroman.

Peter Borstel

Hessisch Roulette

Ein Bad Homburg Krimi

public aFairs

Erste Auflage, Oktober 2016
public aFairs, Bad Homburg
Umschlaggestaltung: Christian Eickmanns,
Written Graphics, Schifferstadt
Druck: Dauphin-Druck, Großheubach
ISBN: 978-3-00-053820-9
www.publicafairs.de

Prolog

Er hat die Spielbank kurz vor Mitternacht verlassen und wenig später die Kisseleffstraße erreicht. Eigentlich will er auf direktem Weg nach Hause gehen, dort schnell noch einen Absacker trinken. Am nächsten Morgen wird ihn der Wecker früh aus dem Schlaf reißen. Ein wichtiger Termin steht an, der seine Zukunft maßgeblich beeinflussen soll. Sechs Stunden Nachtruhe sind aus seiner Sicht genug, um ausgeschlafen und aufmerksam zu sein.

Mittlerweile ist die drückende Hitze des Tages ein wenig verflogen. Eine kleine Brise sorgt für frische Luft. Sie lässt die Blätter der hohen Bäume leise rauschen. Die laue Sommernacht animiert ihn, die Straße zu überqueren und noch einen Schwenk durch den Kurpark zu machen. Der leichte Wind gibt ihm ein Gefühl von Freiheit, ein paar Gläser Sekt im Blut leisten ein Übriges.

„Champagnerluft", murmelt er vor sich hin. Während er beide Arme in den Himmel reckt, mutet die Geste beinahe ein wenig triumphierend an.

Die letzten Wochen sind anstrengend gewesen, doch nun steht er kurz vor dem Ziel. In diesem Moment fühlt er sich beinahe unschlagbar und auch der Abend am Roulettetisch bestätigt ihn darin. Mit seiner Spielstrategie hat er am Ende einen achtbaren Gewinn eingestrichen. Und morgen wird er der Welt eine Sensation präsentieren. Aufmerksamkeit dürfte ihm dann gewiss sein. Er denkt an Auftritte in Fernseh-Talkshows und Vorträge in Paris, London oder New York.

Langsam kommen die Lichter der Promenade näher. Er geht noch eine Runde um den Schwanenteich, an dem er immer so gerne verweilte. Seit einiger Zeit verbindet ihn eine Hassliebe mit dem Gewässer, denn die scheinbar so putzigen Bewohner können sich zu wahren Monstern entwickeln. Beim Spaziergang in der Dämmerung hatte ihn vor drei Jahren eine Nilgans von hinten attackiert. Vermutlich wollte sie den Nachwuchs schützen und blies gemeinerweise zum Angriff. Plötzlich und ohne Vorwarnung ließ sich das gefiederte Tier mit flatternden Flügeln im langen Sturzflug auf ihn hinab. Der Schock war zunächst größer als die Verletzung, doch der Biss in den Rücken ist spürbar gewesen. Der Bluterguss sollte noch Wochen später zu sehen sein.

Die Attacke hinterließ mächtig Wirkung. Seitdem nähert er sich dem Teich immer mit Respekt. In dieser Nacht sieht alles friedlich aus: Kein Schwan, keine Menschenseele zeigt sich und die Gänse haben sich schon seit ein paar Tagen nicht mehr blicken lassen. Vielleicht sind sie einfach an ein anderes Gewässer in der Stadt weitergezogen. Im Schlosspark tummeln sich mehr Wasservögel als sonst.

Als er darüber in Gedanken sinniert, raschelt es plötzlich hinter ihm im Gebüsch. Die Zeit ist zu kurz, um zu erschrecken. Aber der Moment erscheint lang genug, damit vor seinen Augen alles in Zeitlupe abläuft. Er spürt einen kalten Stoß am Kopf; Déjà-vu, er ahnt, was geschieht.

„Verdammt“, stöhnt er, während er mit schmerzverzerrtem Gesicht zusammenzuckt. „Die Gänse, ..., die Gänse sind zurück am Teich.“

Tag eins: Mittwoch

1.

Ein- bis zweimal in der Woche dreht Nik Herzberg früh seine Runden im Kurpark. Heute hat er sich wieder aufgerafft. Normalerweise ist er eine Stunde später unterwegs, aber für den Tag wurden starke Hitze und Schwüle angekündigt. In der Morgenfrische scheinen die körperlichen Anstrengungen noch erträglich zu sein. Doch auch um kurz nach sieben kämpft er mit den Herausforderungen des heißen Sommers. Er ist den Lauf eindeutig zu schnell angegangen. Jetzt, wo es leicht bergauf geht, fordert der Körper angesichts der hohen Luftfeuchtigkeit schweißtreibend Tribut.

Er schleppt sich an den Tennisplätzen vorbei und dreht dann nach links ab. Als er sich dem Schwanenteich nähert, sieht er dort einen größeren Menschenauflauf. Seine Neugier hält ihn am Laufen. So viele Leute kommen um diese Zeit nie in den Park, es muss einen Grund dafür geben.

Angesichts der vielen Polizeiautos vermutet er Filmaufnahmen, für die Bad Homburg gerne als Kulisse gewählt wird. Es wäre nicht die erste Wasserleiche, die bei Fernseh-Dreharbeiten aus einem Teich gezogen wird. Doch als er sich dem rot-weißen Absperrband nähert, merkt er, dass es sich um echte Polizisten handelt.

„Do lieścht ahner am Uwer“, ruft ihm ein Entgegenkommender zu. „Der hat de Nacht im Wasse verbracht und nu isser hin. Ende der Vorstellung."

Die letzten hundert Meter beschleunigt er das Tempo. Der sportliche Ehrgeiz liegt ziemlich darnieder, zum Glück packt ihn sein Berufsethos.

„Nik Herzberg, der rasende Reporter von der Hochtaunus-Post“, begrüßt ihn die groß gewachsene Frau, als er schnaubend zum Stehen kommt.

Erschöpft stemmt er die Hände in die Hüften und blickt zu Franziska Fröhling auf. Die Oberkommissarin von der Kripo Bad Homburg ist eine sportive und ziemlich attraktive Erscheinung, Ende zwanzig mit langen, blonden Haaren. Sie glänzt durch eine hohe Aufklärungsquote. Allerdings geht es da fast nur um Bagatelldelikte. Leichen und Morde gehören an den vornehmen Hängen des Vordertaunus eher zu den Ausnahmen. Die Reichen verfügen über genug liquide Mittel, um Dinge anders zu regeln.

„Unsere Presse ist ja fast schon vor dem Opfer am Tatort“, ätzt Kommissarin Fröhling. „In Homburg spricht sich alles in Sekundenschnelle herum.“

„Ich brauche für unsere morgige Ausgabe noch einen knalligen Aufmacher“, erwidert Nik Herzberg. „Da habe ich mich auf die Suche gemacht.“

Der Spaß vergeht ihm schnell. Er erschrickt, als er sich dem leblosen Körper nähert, denn er kennt die im Gras liegende Person.

„Dr. Ronald Rothmund", hält Franziska Fröhling einen Personalausweis in die Luft. „Geboren 1968 in Oberursel. Lag bäuchlings im Uferbereich zwischen Wiese und Wasser. Er wurde von einem Spaziergänger gefunden. Oder vielmehr von dessen Hund beim Gassigehen. Der frühe Vogel fängt den Wurm."

Sie gibt den Ausweis ihrem Oberkommissar-Kollegen Martin Breitner, der ihn mit aufgesetztem Grinsen in einer Klarsichttüte verschwinden lässt. Insgeheim hasst Nik die männliche Seite des Ermittler-Duos, selbst wenn er seine Abneigung nach außen nicht zeigt. Er hält Breitner für einen arroganten Streber und Karrieristen, der für sein berufliches Fortkommen – im wahrsten Sinne des Wortes – über Leichen geht.

Ein Jeton in den Taschen des Toten hat die Polizei bereits auf eine erste Spur gebracht. Der aus dem Schlaf geklingelte Spielbank-Croupier bestätigte beim Blick auf das Ausweisfoto: Ronald Rothmund ist abends im „Brunnensälchen" gewesen, wo in Bad Homburg die Kugel rollt. Er spielte am Tisch im Raucherbereich, dort sind die richtigen Zocker zu Hause. Auch an die Spielstrategie des „Herrn Doktor" konnte sich der Bedienstete erinnern. Rothmund hatte etwa zehnmal „die Finalen" gesetzt, dasselbe Zahlenquartett mit der gleichen Endziffer: 1, 11, 21, 31. Meistens kamen andere Zahlen dran, prompt verlor er sein Geld. Viermal lag er jedoch mit einer Zahl richtig und erhielt das Neunfache des Spieleinsatzes zurück. Bei jedem Gewinn zeigte er sich großzügig. Einige Jetons landeten im Schlitz, wo das Trinkgeld bleibt. Unter dem Strich kam für Dr. Rothmund eine erkleckliche Summe zusammen. Er dürfte das Haus mit mindestens 14 000 Euro in der Brieftasche verlassen haben – ein Mehrfaches von seinem ursprünglichen Einsatz. Später wird das der Mann bestätigen, der abends zuvor hinter der Kasse tätig war, wo die Jetons umgetauscht werden. Dass ein Jeton von den Gästen mitgenommen wird, ist gar nicht so ungewöhnlich. Manche behalten ihn einfach als Erinnerung an einen erfolgreichen Abend. So ähnlich könnte es bei dem Toten gewesen sein.

In der Kleidung des Opfers und rund um die Fundstelle ist nichts mehr vom Geld zu sehen. Nicht mal ein paar Münzen sind ihm geblieben. Das letzte Hemd hat keine Taschen.

„Schon der zweite Überfall auf einen Spielbänker in einem Monat", meint die Kommissarin. „Langsam wird es für die Täter richtig lukrativ."

Beim ersten Mal hatten zwei vermummte Gestalten einen russischen Gast im Kurpark mit einer Pistole bedroht und ausgeraubt. Dabei ließen sie 21 000 Euro und Scheckkarten mitgehen. Außer ihrer dunklen Kleidung und Turnschuhen trugen die Täter nichts Behaltenswertes an sich. Gesprochen wurde nicht, aber über Dialekt oder Akzent hätte der Russe sowieso nichts sagen können. Seine Deutschkenntnisse beschränkten sich auf das Notwendigste.

Das Ereignis geriet schnell in Vergessenheit. Zwar hatten sich mehrere Stadtverordnete ein paar Sorgen über das Image der Stadt gemacht. Schließlich gehören russische Gäste schon seit dem 19. Jahrhundert zu den gern gesehenen Besuchern in Homburg. Um kein zusätzliches Aufsehen zu erregen, hielten sich die Lokalpolitiker mit ihrer Meinung zurück – in der Hoffnung, es würde Gras über die Sache wachsen. So wurde dem Fall in der Öffentlichkeit wenig Bedeutung beigemessen. Doch jetzt erscheint dieser eher harmlos aussehende Übergriff über Nacht in einem völlig anderen Licht.

„Halten wir fest, sie haben wieder zugeschlagen", sagt Franziska Fröhling. „Mit dem kleinen Unterschied, dass wir es jetzt mit Mord oder Totschlag zu tun haben."

Mord oder Totschlag! Nik Herzberg schüttelt es und ihm wird ganz flau im Magen. Der am Wasser liegende Tote war ein stadtbekannter Historiker, mit dem er noch vor einer Woche geredet hatte. ‚In sechs Tagen lasse ich eine riesige Bombe platzen', begann Ronald Rothmund seine Andeutungen. ‚Das wird eine geschichtliche Sensation.' Einen Tag später erhielt Nik die Einladung zu einer Pressekonferenz. Die Geschichte des 20. Jahrhunderts müsste in Teilen neu geschrieben werden, stand ganz unbescheiden darin. Es hörte sich an wie ein Showdown. Zum spektakulären Schluss passte Dr. Rothmunds Vorgehen am Roulettetisch: Er hatte ein „Finale" inszeniert. An diesem Mittwochmorgen um halb elf sollte das Ereignis stattfinden, an dem er die Weltgeschichte neu schreiben wollte. Und nun das: Anstatt eine ganz große Sache durchzuziehen, war der Historiker in der Nacht vermutlich von ein paar Kleinkriminellen kurzerhand plattgemacht worden. So hatte er sich sein Endspiel wohl nicht vorgestellt.

„Wissen Sie schon was Genaues?“, fragt Nik die Kommissarin. „Ist er etwa im Teich gewaltsam zu Tode gekommen?“

„Nun, Sie sehen ja unsere Gerichtsmedizin im Volleinsatz. Im Gras wird er kaum ersoffen sein“, antwortet sie leicht genervt. „Vermutlich hat sein Tod nichts mit dem Wasser zu tun. Es deutet alles auf eine gewaltsame Fremdeinwirkung hin. Jedenfalls gibt es eine auffällige Wunde im Kopfbereich mit Blutverlust, sieht aus wie von einem Schuss. Das kann eine Ursache für sein Ableben sein.“

Sie hält für einen Augenblick inne, um dann umso energischer fortzufahren.

„Hören Sie, Herzberg, bevor ihr Watergate-Aufklärer da unwissend eine mordsmäßige Geschichte draus macht, solltet ihr erst unsere kriminaltechnischen Untersuchungen abwarten. Ich rufe Sie an, sobald ich etwas weiß. Aus reinem Egoismus! Damit ihr nicht wieder schreibt, dass die Polizei im Dunkeln tappt.“

„Ich freue mich auf die Zusammenarbeit“, antwortet Nik mit einem spitzbübischen Lächeln. „Da kann es eigentlich nur Gewinner geben! Sie kriegen einen Ermittlungserfolg und ich eine spannende Geschichte.“

Bevor er sich verabschiedet, um nach Haus zu traben, kündigt er an, ihr die Einladung zu besagter Pressekonferenz zu senden.

„Ich beweise schon mal vorab Teamgeist und faxe Ihnen gleich etwas Interessantes. Dr. Ronald Rothmund hätte nämlich heute Vormittag einen grandiosen Auftritt gehabt."

2.

Zehn Minuten später betritt Nikolaus Herzberg seine stets chaotisch aussehende Dreizimmerwohnung in der Altstadt. Hier lebt er als Junggeselle, was für jeden Besucher ersichtlich ist, denn die ordnende Hand fehlt. Obwohl er durchaus Schlag beim weiblichen Geschlecht besitzt, hat er die Frau fürs Leben noch nicht gefunden. Insgeheim führt er ein knappes Jahrzehnt nach seinem Uni-Abschluss in Volkswirtschaft immer noch eine Art Studentenleben.

Als Erstes bestellt Nik einen Fotografen zum Tatort und danach setzt er das versprochene Fax an Franziska Fröhling ab. Um die Lebensgeister nach dem anstrengenden Lauf wieder zu wecken, erfrischt er sich erst mit einem Energydrink und gleich darauf mit einem halben Liter Wasser. Anschließend nimmt er eine lauwarme Dusche – schneller als sonst, denn die Arbeit ruft. Der Tod von Ronald Rothmund lässt ihn nicht völlig unberührt. Immerhin hat er ihn persönlich gekannt und über Nacht ist der Geschichtsforscher jäh aus dem Leben gerissen worden. Und schließlich kommt es ja nicht alle Tage vor, dass solch ein grausames Ereignis in seinem unmittelbaren Umfeld passiert.

Doch der anfängliche Schock legt sich bei ihm recht schnell. Für eine Zeitung sind schlechte Nachrichten automatisch gute Nachrichten, erst recht in Zeiten sinkender Auflagen. Die Überfälle werden Schlagzeilen machen, gerade jetzt, wo es womöglich einen Mord an einem angesehenen Homburger Bürger gibt – ausgerechnet wenige Stunden, bevor der eine große Enthüllung machen wollte.

Der normale Alltag eines Journalisten bei der Lokalzeitung bringt für ihn nämlich wenig Abwechslung. In seinem Selbstverständnis hält sich Nik Herzberg für einen großen Politik- oder Wirtschaftsjournalisten. Doch die Wirklichkeit sieht anders aus. Statt Welterklärer zu sein, erklärt er seinen Lesern den Bad Homburger Kosmos. Politik findet für ihn nur in kleinerem Rahmen statt, Stadtliga, nicht Bundesliga. Häufig schreibt er über Possen, bei denen die örtlichen Parteien heftig aufeinander einschlagen. In der Kurstadt bekämpfen sie sich gerne bis aufs Blut. Das besitzt hier eine lange Tradition. Selbst in der eigenen Partei findet sich da mitunter keine Schutzzone.

Vereine, Feste und Flohmärkte haben ebenfalls ihren festen Platz in Niks Journalistenleben, das ist Routine. Oder es geht wieder mal um die Sporthalle, in der einst

Heinz Schenk mit „Zum Blauen Bock“ gastiert hat. Einige Bad Homburger erinnern sich noch heute mit leuchtenden Augen an die ARD-Fernsehsendung. Unlängst wurde der Mitschnitt aus dem Jahr 1982 sogar bei YouTube hochgeladen. Für Nik Herzberg bedeutet die Halle das gleiche Prozedere wie immer: Über ihren Neubau oder die Sanierung wird seit Ewigkeiten diskutiert, genauso wie über die Erneuerung des Kurhauses. Auch die Berichte über das „Weinfest“ und das „Laternenfest“ ähneln sich jedes Jahr. Und wird in Frankfurt eine internationale Messe eröffnet, darf er über die Homburger Studenten schreiben, die dort ihrem Aushilfsjob nachgehen.

Aber jetzt erhält seine Arbeit mit einem Schlag eine neue, spannende Facette!

„Sorry, liebe Lokalpolitiker und Vereinsmeier“, entschuldigt sich Nik. „In den nächsten Tagen kann ich mich nicht um eure kleinen Streitereien kümmern. Ich muss über einen handfesten Kriminalfall berichten.“

Kaum hat er das Selbstgespräch beendet, beschließt er, sich ein wenig umzuhören und zu recherchieren. Eine Story hinter der Story macht gewiss etwas her: Was die Leser immer schon über den Toten wissen wollten …

„Brrrr!“ Nik stellt sich für einige Sekunden unter die kühle Brause. Anschließend verlässt er die Dusche und trocknet sich mit dem Handtuch ab. Er zieht sich eine Jeans und ein helles Hemd an. Angesichts der tropischen Temperaturen verzichtet er auf sein geliebtes Jackett im verblichenen Blau; das typische Reporteroutfit bleibt heute auf dem Bügel. Als Letztes steckt er das Smartphone ein. Dann macht er sich auf den kurzen Weg in die Redaktion der Hochtaunus-Post in der oberen Louisenstraße.

An diesem Morgen kommt er als einer der Ersten in das Großraumbüro; Zeitungsleute starten gerne später in den Tag. Von den wenigen Anwesenden weiß noch keiner vom grausamen Fund im Kurpark. Nik Herzberg teilt ihnen nur das Nötigste mit. Er will dadurch verhindern, dass seine Geschichte einem Kollegen zugeteilt wird und er weiter über die Kaninchenzüchter schreiben muss. Dabei soll ihm nicht nur die Tatsache helfen, dass er bereits am Tatort gewesen ist. Auch ein Wissensvorsprung kann nicht schaden, den er sich allerdings noch erarbeiten muss. Um halb zwölf wird es eine routinemäßige Redaktionssitzung geben. Da will er gut informiert hineingehen und es bleiben ihm noch fast drei Stunden Zeit. Auf diese Weise läuft die Berichterstattung über den Mord automatisch auf ihn zu, glaubt er. Das wäre ja noch schöner, wenn er als Augenzeuge außen vor bliebe und ein anderer die Früchte erntet, denkt er sich.

Eifrig sucht Nik im Internet sämtliche Informationen, die er über Dr. Ronald Rothmund finden kann. Wirklich informativ ist das nicht. Die meisten Dinge wusste er schon vorher. Der Tote hatte ein nach ihm benanntes Geschichtsforschungs-Institut gegründet und geleitet. Seine Spezialgebiete handelten von den Jahren 1871 bis 1945:

Kaiserreich, Weimarer Republik und Nazi-Diktatur. Darüber hinaus werden einige seiner Buchveröffentlichungen zu hohen Preisen über das Internet vertrieben. Nik staunt, welche horrenden Summen sich mit Fachbüchern verdienen lassen – kein Vergleich zu den knauserigen Zeilenhonoraren der Hochtaunus-Post, mit denen er die freien Mitarbeiter abspeisen muss. Bei seinen Nachforschungen findet er einen Anhaltspunkt, den er weiterverfolgen kann. Das berufliche Vorleben vor der Instituts-Gründung hatte Ronald Rothmund als wissenschaftlicher Mitarbeiter an der Universität in Frankfurt verbracht. Nik plant, sich am nächsten Tag dort umzuhören.

In Bad Homburg hatte sich der Ermordete ziemlich umtriebig gezeigt. Einmal im Monat kamen in seinen Büroräumen in einer Villa auf der Kaiser-Friedrich-Promenade wichtige örtliche Geschäftsleute zusammen – oder diejenigen, die sich dafür hielten. Es waren zumeist Akteure aus der zweiten oder dritten Reihe, denn die wirklich Vermögenden und Erfolgreichen der Stadt stellen sich ganz selten zur Schau. Einige von ihnen fahren sogar zum Essen lieber nach Wiesbaden, nur um nicht gesehen zu werden.

Den Anlass für das monatliche Treffen der Homburger „B-Promis" gab die Veranstaltungsreihe „In vino veritas". Anders als es das Klischee seines Berufszweigs vermuten ließ, wirkte Ronald Rothmund nicht wie ein staubtrockener Archivwühler. Im Gegenteil, er liebte Publicity, wusste sich bestens zu verkaufen und dafür den passenden

Rahmen zu schaffen. Auf seinen Veranstaltungen hielt erst ein Unternehmer einen Vortrag zu einem aktuellen Thema aus seinem Tätigkeitsgebiet. Dann ordnete Dr. Rothmund die Vortragsinhalte humorvoll historisch ein. Im Anschluss startete eine ausgiebige Weinverkostung, die bei den Gästen besonders großen Anklang fand. Das Ganze diente der Sponsorenbindung und funktionierte offenbar recht gut. Viele Geschäftsleute ließen es sich nicht nehmen, das „Dr.-Rothmund-Institut für Geschichtsforschung“ zu fördern. Die gute Stimmung beim Wein tat ein Übriges; sie schien für viele Teilnehmer der eigentliche Grund, um dabei zu sein. In diesem feuchtfröhlichen Klima ließ mancher Anwesende schnell mal eine vierstellige Summe springen. Beim selben Anlass war es letzte Woche zu dem kurzen Gespräch mit Nik Herzberg gekommen.

Über Rothmunds Privatleben findet sich nichts im Internet. Wer ihn kannte, weiß, dass er seit vielen Jahren geschieden war. Kinder gibt es keine und von einer neuen Lebensgefährtin hat niemand etwas gehört. Hier dürfte kein Motiv für den Mord liegen. Dann tippt Nik die Zahlen ein, die er am Tatort aufgeschnappt hat, als sich die Polizisten unterhielten: 1, 11, 21, 31. Vergeblich, die Suchmaschine spuckt auch in Verbindung mit Worten wie „Bad Homburg“, „die Finalen“ oder „Rothmund“ nichts Gescheites aus.

In der Redaktionskonferenz kommt er zu seinem Erfolgserlebnis: Nik erhält grünes Licht für weitere Nachforschungen. Wie erhofft, überträgt ihm der Chefredakteur den Fall. Je nachdem, was Recherchen und Sachlage ergeben, wollen die Beteiligten am späten Nachmittag über den Umfang der Berichterstattung entscheiden. Natürlich spielen dabei die Ergebnisse der Kripo eine Rolle, doch auch der Tote selbst interessiert. Was plante er an bahnbrechenden Dingen auf der Pressekonferenz zu verkünden? Wurde er nur zufälligerweise das nächste Opfer der Spielbankräuber? Hatten die gleichen Täter wie vor wenigen Wochen zugeschlagen? War Rothmund am Roulettetisch bei seiner Glückssträhne beobachtet worden? Und was suchte er überhaupt in der Spielbank, wo er doch am nächsten Morgen richtig Großes vorhatte?

Unmittelbar nach der Redaktionskonferenz ruft Kommissarin Fröhling an.

„Wie erwartet, sieht alles nach einem Gewaltverbrechen aus", erklärt sie. „Ronald Rothmund ist jedenfalls nicht ertrunken. Er war schon vorher tot, bevor er mit dem Wasser im Uferbereich in Berührung kam. Sein Ableben wurde durch den Schuss in den Kopf verursacht. Zudem hatte der Tote kein Wasser in der Lunge. Einen Kampf hat es nicht gegeben, er kannte seinen Kontrahenten oder er ist aus heiterem Himmel erschossen worden. Ein Suizid kann ausgeschlossen werden. Die fehlenden Schmauchspuren sprechen dafür, dass der Schuss aus mindestens einem Meter Entfernung erfolgt sein muss. Näheres wird vermutlich die Obduktion ergeben. Dann wissen wir mehr."

„Bestehen Parallelen zum früheren Spielbanküberfall?“, will Nik wissen.

„Nur der Kurpark als Tatort, die Schusswaffe und die Tatsache, dass beide Opfer zuvor im Kasino gewesen sind.“

„Gibt es schon Aussagen zum Todeszeitpunkt?“

„Auch das müssen wir noch exakt herausfinden. Einen Schuss hat keiner der Anwohner auf der Promenade oder am Schwedenpfad gehört. Womöglich wurde ein Schalldämpfer verwendet. Er hat die Spielbank gegen Mitternacht verlassen, so viel steht fest. Gehen wir zunächst einfach davon aus, dass er sich nachts bestimmt nicht stundenlang im Kurpark herumgetrieben hat. Schließlich stand am nächsten Morgen seine große Pressekonferenz an – die Einladung haben Sie mir ja dankenswerterweise übermittelt. Unter der Annahme, er wollte tatsächlich nach Hause, könnte der Tod zwischen null und ein Uhr erfolgt sein.“

Als sie aufgelegt hat, überlegt Nik für einen kleinen Moment. Obduktion, so etwas kennt er aus den TV-Krimis. Da werden Leichen aufgeschnitten und das klingt nicht besonders appetitlich. Dennoch macht sich sein Magen knurrend bemerkbar. Vor dem Joggen in der Frühe hat er letztmalig Nahrung zu sich genommen. Jetzt braucht sein halbsportiver Körper mit dem leichten Bauchansatz neue Energie. Er beschließt, schnell in der Louisenstraße eine Kleinigkeit zu essen und danach die Recherche fortzuführen. Anschließend will er noch mal den Tatort am Schwanenteich aufsuchen. Das dient zur Untermalung seiner Story; atmosphärische Beschreibungen geben einer Sache manchmal mehr Authentizität. So etwas erzeugt beim Leser das Gefühl, mittendrin zu sein.

3.

Schon wieder ein Geschäft geschlossen, stellt Nik fest, während er sich durch die Fußgängerzone bewegt. Bald gibt es hier nur noch Handyshops und Brillenläden, fürchtet er. Angesichts der drückenden Hitze ist in der Louisenstraße recht wenig los, lediglich ein paar kleine Kinder toben freudestrahlend auf dem Pflaster. Die Leute halten sich lieber zu Hause oder im Seedammbad auf. Nur die Cafés sind gut gefüllt. Unter den Sonnenschirmen lässt es sich bei einem Eisbecher oder einem kühlen Getränk einigermaßen aushalten.

Nachdem er sich im Vorbeigehen gestärkt hat, nähert sich Nik dem Tatort diesmal von der Promenade aus. Er genießt den schönen abfallenden Blick auf die Wasserlandschaft. Angesichts der drückenden Hitze wirkt der Teich wie eine willkommene Oase.

Mittlerweile ist von dem großen morgendlichen Menschenauflauf nicht mehr viel zu sehen. Das Flatterband erinnert noch an die brutale Tat; ein uniformierter Polizeibeamter steht Wache. Und die Fläche, auf der sich das ausgetretene Blut befindet, ist mit einer Kunststofffolie abgedeckt.

Nachdem er sich ein Bild verschafft hat, wendet sich Nik dem zweiten, wenige Minuten entfernten Schauplatz des ersten Überfalls zu. Der Russe war in der Nähe der Spielbank attackiert worden. Er hatte seinen Leihwagen an den Parkplätzen der früheren „Tennis Bar" aufsuchen wollen, wo sich heute ein mondänes Fitnessstudio befindet. Kurz bevor er das Fahrzeug erreichte, schlugen die Täter zu. Sie warfen ihn zu Boden und während ihm einer die Pistole unter die Nase hielt, wurde er vom anderen nach Beute durchsucht. So stand es im Pressebericht der Polizeidirektion Hochtaunus.

Die Angreifer hatten beim ersten Mal bewusst in Kauf genommen, dass es Zeugen geben könnte; der Tatort war selbst spät abends nicht immer menschenleer. Es wurde eine Schusswaffe benutzt, das passte ins Schema. Aber sonst schien die zweite Tat anders verlaufen zu sein. Warum ist die Waffe diesmal von den Tätern auch tatsächlich benutzt worden? Und warum geschah der Angriff einige Hundert Meter von der Spielbank entfernt? Aus welchem Grund verfolgten sie ihn so lange, bis sie im Schutz der Dunkelheit aus dem Hinterhalt zuschlugen? Oder hatten sie am Schwanenteich auf ihn gewartet und ihm aufgelauert? Hängen die beiden Fälle wirklich miteinander zusammen oder gab es bei der Ermordung von Dr. Ronald Rothmund ein anderes, berufsbedingtes Motiv?

Nik Herzberg notiert das, was er rund um die zwei Tatorte sieht. Vielleicht lassen sich später davon einige Details verwenden. Dann ruft er in der Spielbank an: vergebens, die Mitarbeiter haben Instruktionen von oben erhalten. Sie dürfen nicht mit der Presse sprechen, das hätte er sich denken können. Also muss zunächst eine andere Quelle her. Ein bisschen mehr Insider-Stoff könnte der Artikel sowieso gebrauchen.

Mittlerweile ist es früher Nachmittag, kurz nach halb drei, die Zeit, in der „van Gogh" gewöhnlich sein Mittagsmahl beendet. Van Gogh, der eigentlich Georg Müller heißt, gilt als bekannt dafür, so manchen Abend in der Spielbank zu verbringen – während er sich tagsüber in Restaurants und Cafés aufhält. Er kann sich das leisten. Bis vor einigen Jahren hat er eine Gemäldegalerie betrieben, der er seinen Spitznamen verdankt. Zudem klingt „Gogh" ausgesprochen ähnlich wie Georg. Die Galerie hat er scheinbar recht gewinnbringend verkauft und nun läuft er als Müßiggänger durch die Stadt. Gerade sitzt der leicht angegraute Genießer vor seinem zweiten Espresso auf der Außenterrasse seines angestammten Cafés. Dort fühlt er sich im Sommer als Raucher besonders wohl, denn an der frischen Luft werden Zigaretten geduldet.

„Das dachte ich mir", meint van Gogh, als der Reporter an seinem Tisch auftaucht. „Ich habe gehört, du hast die Leiche gefunden."

„So ähnlich ist es gewesen“, nickt Herzberg. „Lediglich die Polizei kam mir um eine Stunde zuvor.“

„Und nun willst du ausgerechnet von mir wissen, was heute Nacht passiert ist. Das blonde Gift von der Kripo hat mich auch schon gefragt.“

Georg Müller hält für ein paar Sekunden inne. Eigentlich will er in die Sache nicht verwickelt werden. Dann gewinnt sein Mitteilungsbedürfnis die Oberhand.

„Als der Russe überfallen wurde, da war ich da.“

„Am Tatort?“

„Ach wo. Beim Roulette.“

Das ist ja schon mal zumindest ein Anfang, denkt sich Nik. Den Überfall hatten sie seinerzeit in der Hochtaunus-Post nur sachdienlich beschrieben und um Hinweise gebeten. Damals ahnte ja noch niemand, dass daraus eine Serie werden könnte. Jetzt hatte er so eine Art Augenzeugen vor sich, der ihn bei seinen Recherchen einen Schritt weiterbringen könnte.

Ein paar Dinge sind van Gogh im Gedächtnis geblieben. So hatte ein Osteuropäer an besagtem Abend am Spieltisch gewonnen. Im Anschluss schmiss der Gast in Siegerlaune in der „Dostojewski-Bar“ noch eine Runde.

„Der hat auf richtig dicke Hose gemacht!“

Mit großer Wahrscheinlichkeit handelte es sich um dieselbe Person, die hinterher überfallen wurde. Jedenfalls schien er seinen Erfolg recht auffällig zelebriert zu haben – ein Verhalten, das auch gut auf den ermordeten Dr. Ronald Rothmund passen würde. Dieses leicht dekadente, nach Anerkennung heischende Auftreten hatte die Täter womöglich erst aufmerksam gemacht.

Als er Georg Müller wieder verlässt und weitergeht, denkt Nik nach. Was er erfahren hat, ist sicher nicht der Durchbruch. Nun ja, er steht auch erst am Anfang seiner Recherchen. Zumindest hat er ein bisschen Stoff, um am nächsten Tag den Lokalteil zu füllen. Mittlerweile kennt er auch den Umfang der Berichterstattung. Nathalie Berger, die Assistentin des Chefredakteurs, hat ihm Inhalte und Textlängen gemailt. Bis zu anderthalb Seiten plus ein großer Aufmacher auf Seite eins sind zunächst für die morgige Ausgabe vorgesehen. Etwas Stoff werden die Kollegen vom Schreibtisch beitragen. Sie befragen einen Präventionsexperten, wie sich die Bürger nach dem Verlassen der Spielbank verhalten sollen. Ebenso haben sie ein Interview mit dem Sicherheitsbeauftragten der Kur- und Kongress-Gesellschaft geplant – Thema: „Ist ein Besuch in unserem Kasino noch zu empfehlen?". Natürlich wird der Befragte wenig Sensationelles sagen. Vermutlich dürfte es für ihn auf der ganzen Welt nichts Sichereres geben als einen Aufenthalt in der Bad Homburger Spielbank.

Aber was ist mit der anderen Spur? Der Ort, an dem die Pressekonferenz stattfinden sollte, liegt nur 400 Meter entfernt. Nik geht durch die Louisenarkaden und von dort über die Rolltreppe zum Supermarktparkplatz hinunter. Er bewegt sich zwischen den Autos hindurch, erreicht den Bürgersteig und biegt eine halbe Minute später in Richtung des Hotels ab. Am Ziel auf der Promenade angekommen, trifft er Walter Grünwald vor dem Eingang. Der Hotelier betreibt die schmucke Herberge mit dem netten Vorgarten, in deren Konferenzraum Dr. Ronald Rothmund die historische Sensation verkünden wollte.

„Wie geht's, Walter?", fragt er ihn zur Begrüßung. „Tut mir übrigens sehr leid, du hast heute einen wichtigen Kunden verloren."

„Hör mir bloß auf damit", antwortet Grünwald. „Heute Morgen waren bestimmt an die dreißig Journalisten da. Und drei Fernsehkameras! Die musste ich alle wieder nach Haus schicken, weil der Protagonist umgebracht wurde. Ist alles keine besonders gute Publicity für unser Hotel. Mir graut schon vor der Hessenschau am Abend."

„Weißt du denn, was er verkünden wollte, oder hat er vielleicht sogar schon vorab die Pressemappen angeliefert?"

„Da muss ich dich leider enttäuschen. Bei uns wurde nichts dergleichen abgegeben. Am besten fragst du Frau Gruber, seine rechte Hand. Die hat übrigens den Raum bei uns gebucht."

Vom Hotel bis zur Villa, in der Rothmunds Institut untergebracht ist, sind es nur wenige Schritte. Nik verspürt keine große Lust, mit Maja Gruber zu sprechen – wenige Stunden, nachdem ihr Chef ermordet worden ist. Er mag solche Beileidsbekundungen nicht und bei seinen Besuchen im Institut hat er Maja immer ein wenig abweisend empfunden. Trotzdem geht er schon aus berufsbedingter Neugier dorthin.

Als er am Zielort ankommt, steht die Tür im Hochparterre weit offen. In den Räumlichkeiten ist ein halbes Dutzend Menschen am Wirbeln. Die Spurensicherung stellt alles penibel auf den Kopf. Keine Schublade und kein Gerät entgehen ihnen. Zwei Kollegen kommen Nik entgegen, die mehrere Computer hinaustragen. Den E-Mail-Verkehr haben sie schon zuvor unter die Lupe genommen und gesichert.

Er hört zwei Frauenstimmen, die recht lautstark aufeinander einreden. Dann sieht er Kommissarin Franziska Fröhling. Sie geht eilig auf die Bürotür zu, um das Institut zu verlassen. Offenbar hat sie gerade eine Befragung durchgeführt.

„Ach, Sie schon wieder", sagt sie sichtlich angespannt zu ihm. „Aus der verbitterten Hexe werden selbst Sie mit Ihrem Reporter-Charme nicht viel rauskriegen. Immer noch die alte Ziege wie früher. Nächstes Mal ziehen wir andere Seiten auf. Dann komme ich mit einer Vorladung wieder. Die wird sich wundern!"

So emotional kennt Nik die sonst so coole Polizeifrau gar nicht. Verwundert über den Zickenkrieg tritt er in das Büro ein. Er sieht Maja Gruber mit hochrotem Kopf, ihn keines Blickes würdigend. Sie ist ebenfalls relativ groß, hat mittelblondes, halblanges Haar, keine bildhübsche Schönheit, aber eine durchaus attraktive Frau – wenn sie auch von dem Ereignis ein bisschen mitgenommen wirkt.

„Frau Gruber, mein Beileid zum Tod Ihres Chefs. Die ganze Stadt ist bestürzt“, kondoliert der Redakteur. „Ich würde Ihnen gerne ein paar Fragen stellen, die unsere Leser interessieren.“

Kaum hat er die Worte ausgesprochen, ärgert er sich über sich selbst. Die ganze Stadt ist bestürzt, so ein Quatsch. Solange der Tod nicht im unmittelbaren Umfeld auftritt, fühlen die Leute wenig mit. Die meisten Leser kannten Dr. Ronald Rothmund gar nicht persönlich, sondern nur vom Hörensagen. Bestürzt sind sie höchstens, weil in Bad Homburg ein Mord geschehen ist und der Täter noch frei herumläuft. Wer weiß schon, ob er nicht als Nächstes drankommt. Natürlich dürfte auch ein bisschen Sensationslust dabei sein.

Da sie nicht gleich antwortet, lässt sich Nik Herzberg auf den Stuhl vor ihrem Schreibtisch nieder. Er setzt eine grübelnde Miene auf.

„Glauben Sie, der Mord hat etwas mit der heutigen Pressekonferenz zu tun?“

Sie reagiert nicht.

„Und gibt es so etwas wie eine Pressemappe für die Journalisten?“

Zunächst entgegnet Maja Gruber wieder nichts. Nach einem kurzen Moment spricht sie mit Tränen in den Augen.

„Nein, noch nicht. Er wollte daran arbeiten und die Datei am frühen Morgen mitbringen.“

Nik kann nicht so richtig einordnen, ob die Tränen mit dem Tod ihres Vorgesetzten zu tun haben. Oder hat sie der Streit mit Franziska Fröhling getroffen?

„Worum ging es denn eben?“

„Genau um diese Unterlagen, die es zumindest bei mir nicht gibt und zu deren Inhalten ich nichts berichten kann. Was heute verkündet werden sollte, wusste nicht mal ich, obwohl ich tagtäglich mit ihm zusammengearbeitet habe. Das hat sie mir nicht geglaubt, die blöde Kuh. Ich würde schon wissen, worum es bei der Pressekonferenz gehen sollte, behauptet sie. Wenn ich nichts sage, will sie mich auf dem Revier verhören.“

„Ganz so wie früher in der Schule“, fügt sie nach einem kurzen Luftholen hinzu. „Die anderen sind der allerletzte Dreck. Aber Franziska Fröhling ist die perfekte Frau. Ohne Fehl und Tadel.“

„Sie sind zusammen zur Schule gegangen?

„Ja, das sind wir. Und leider laufen wir uns zehn Jahre später immer noch über den Weg.“

Niks Mobiltelefon klingelt. Er reicht Maja die Hand, zeigt auf sein Smartphone und verabschiedet sich eilig. Als er wieder draußen ist, nimmt er den Anruf entgegen. Am anderen Ende der Leitung befindet sich Nathalie Berger von der Hochtaunus-Post.

„Nik, wir haben da etwas festgestellt“, erzählt sie. „Als die Spielbank renoviert wurde und später, anlässlich des 175-jährigen Jubiläums, gab es einen Leserbriefschreiber.

Wir haben seine Briefe zwei- oder dreimal veröffentlicht. Der führt so eine Art privaten Kreuzzug gegen das Kasino und die örtlichen Spielotheken. Alles ein bisschen wirr. Schau dir die Briefe doch mal kurz auf dem Smartphone an. Ich habe sie gerade gesendet. Auch hat er mit ein paar skurrilen Aktivitäten auf sich aufmerksam gemacht. Ist womöglich eine gewagte Verbindung zum Kurparkmord, aber vielleicht hilft's, das Sommerloch zu füllen."

Nik überfliegt die Leserbriefe auf dem Display – eventuell nützen sie ihm bei der Suche nach der Nadel im Heuhaufen. Anschließend recherchiert er die Adresse des Verfassers. Besagte Person lebt in der Nähe des Amtsgerichts. Bis dahin sind es knapp anderthalb Kilometer. Er hätte die Möglichkeit, sein Auto in der Altstadt zu holen, aber das bringt zeitlich wenig. Also marschiert er trotz der brütenden Hitze zu Fuß zum Zielort. Für den Rückweg plant er, den Bus oder ein Taxi zu nehmen.

Unterwegs kauft er sich in einer Bäckerei eine Flasche Apfelsaftschorle. Der Inhalt bringt Erfrischung, während die Klamotten mittlerweile am Körper kleben. Da wird nachher gleich die nächste Dusche fällig werden.

4.

Zurück daheim an trautem Ort fällt die Anspannung ab. Gestern verlief noch alles wie in Trance. Es gab keine Gefühle, als das Opfer in der Dunkelheit am Teich zusammenbrach. Der Schuss, der das Gehirn wegpustete, der Fall, das hatte so eine brutale mechanische Effizienz. Da war kein Platz für irgendwelches Mitgefühl oder gar Sentimentalitäten. Das drohende Unheil und die Chance, es zu umgehen, stumpften ab.

Auch als der Tote ans Wasser gerollt wurde, siegte das Kalkül. Je später Dr. Ronald Rothmund gefunden werden würde, desto mehr Zeit blieb, um die eigenen Spuren zu verwischen.

Die darauf folgende kurze Nacht machte eine beruhigende Tablette einigermaßen angenehm. Doch je näher der Morgen rückte, desto unruhiger wurde der Schlaf.

Heute früh schien alles anders zu sein. Nach dem Aufstehen kam Unsicherheit auf, ob das Wahrheit oder Traum ist. Ein kleiner Rundgang am Morgen hat letzte Sicherheit verschafft. Sie trugen gerade die Leiche in einem Sarg weg; was zehn Stunden zuvor geschehen war, ist nicht irgendeine Vorstellung gewesen, sondern die Wirklichkeit.

„Ja, es hat ihn erwischt", sagt die Stimme zu sich selbst. „Aus und vorbei. Einfach so." Das klingt eiskalt und doch ein wenig erschrocken über sich selbst.

Es ist nur ein kurzer Moment gewesen, der mehrere Leben schlagartig veränderte. Gewissensbisse scheinen dennoch fehl am Platz; in der Stunde der Entscheidung dürfte der Gang der

Dinge unausweichlich gewesen sein. Ronald Rothmund stand seinem Glück nicht mehr im Weg.

„Hätte es ihn nicht erwischt, wäre ich selbst in große Schwierigkeiten gekommen. Die Umstände sind nicht schön, aber es ist gut, wie es geschehen ist."

Für einen kurzen Augenblick wird es still, dann geht der Monolog weiter.

„Das Geld kann ich bestens gebrauchen, es kommt exakt im richtigen Augenblick. Und es war bestimmt kein guter Mensch, den es da erwischt hat. Ein guter Mensch ist bescheiden und trumpft nicht groß auf. Strafe muss sein."

Die Stimme macht noch eine kurze Pause. Dann führt sie ihr Selbstgespräch fort.

„Jetzt wird alles gut werden. Keiner hat mich am Teich gesehen. Ich bin mir sicher, auf mich werden sie so schnell nicht stoßen."

5.

Bernd Neumeier blickt aus dem Fenster seines Reihenhauses. Er sieht das Auto, aus dem die große junge Frau steigt. Auch wenn kein blau-weißes Polizeifahrzeug dort steht, weiß er, worum es geht: Es sich handelt sich um eine behördliche Untersuchung. Das erkennt er am aufrechten, zielsicheren Gang, mit dem sie auf die Häuser zugeht. Jeden Augenblick rechnet er mit dem schrillen

Ton der Klingel. Das Warten auf den Moment macht ihn nervös. Sie wird gleich bei ihm vorbeischauen, ist er sich sicher.

Die blonde Frau spricht mit der älteren Nachbarin auf der anderen Straßenseite. Sie unterhalten sich nicht einmal zwei Minuten. Aber Bernd Neumeier kommt das vor wie eine ganze Ewigkeit. Aus den Lippenbewegungen und den Gesten kann er nicht viel ablesen. Es scheint nichts wirklich Wichtiges zu sein, über das sich die beiden Frauen austauschen. Aber er ist sich sicher, dass der Dialog direkt oder indirekt ihm gilt.

Schon der hemdsärmelige Typ am Nachmittag ist verdächtig gewesen – Marke Privatdetektiv oder Boulevardjournalist. Er hat in der Gegend geschnüffelt und dann an der Tür geschellt. Bernd Neumeier tat so, als wäre er nicht da. Irgendwoher kannte er ihn. Später dämmert es ihm. Es muss eine Podiumsdiskussion der Lokalzeitung gewesen sein, wo sie sich begegnet waren. Auf den Namen kommt er nicht; es hat irgendetwas mit einem Berg im Taunus zu tun, erinnert er sich.

Dass jetzt alle vor seiner Nase auftauchen, überrascht ihn nicht. Schon als Bernd Neumeier am späten Vormittag im „Gunzo Center“ ein Gespräch über den Mord mithörte, wusste er, was passieren würde. Nun würden sie ihm keine ruhige Minute mehr lassen – einmal verdächtig, heißt immer verdächtig.

Jetzt geht die blonde Frau auf die Tür zu und drückt die Klingel.

Neumeier zuckt zusammen. Das ist der Moment, vor dem er sich gefürchtet hat. Aber nun scheint die Ungewissheit zu Ende, jetzt gibt es kein Entrinnen mehr. Er fühlt sich sogar erleichtert, geht zur Haustür und öffnet sie.

„Guten Tag, Herr Neumeier."

Sie zeigt ihren Ausweis, doch er schenkt dem Dokument keinerlei Beachtung.

„Mein Name ist Franziska Fröhling von der Kripo in Bad Homburg."

„Ich habe Sie erwartet", antwortet der Mann, der etwa sechzig Jahre alt ist. „Kommen Sie rein."

Franziska betritt den Flur des Reihenhauses. Rechts führt der Weg zur Treppe ins Obergeschoss. Links geht es direkt ins Wohnzimmer. Sie folgt Neumeier in die Stube, in der die Zeit vollkommen stehen geblieben zu sein scheint. Die Siebzigerjahre hat sie vom Hörensagen immer als spannende Zeit empfunden. Aber von schrillen Outfits und „Teenage Rampage" ist hier nichts zu sehen. Hier lebt ein Mensch, der mit seinem wirklichen Leben schon lange Jahre zuvor abgeschlossen hat. Die gelbliche Tapete, ein paar Hirschgeweihe, die grün-braune Sitzgarnitur aus Stoff – all das erinnert sie an den Geschmack ihrer Großeltern.

„Setzen Sie sich doch", fordert er die Kommissarin auf.

Sie wartet, bis er sich auf dem Dreisitzer niedergelassen hat. Dann kommt sie seiner Bitte nach und nimmt Platz auf dem Sessel vor dem Fenster.

„Sie wissen, warum ich hier bin …?“

„Natürlich“, antwortet er. „Die Sache damals in der Spielhalle. Da habe ich mein letztes Geld verloren und bin ausgerastet.“

„Na ja, auch von versuchter Geiselnahme war die Rede.“

„Der Staatsanwalt hat versucht, ein großes Ding daraus zu drehen. So ein Ehrgeizling, dem das Leben der anderen egal zu sein scheint. Zum Glück ist ihm der Richter nicht gefolgt und ich erhielt eine Bewährungsstrafe. Aber eigentlich habe ich lebenslänglich bekommen. Immer wenn in der Stadt im Zusammenhang mit Glücksspiel etwas passiert, tauchen Ihre Kollegen bei mir auf. Seit zwanzig Jahren.“

„Ihre Spielsucht hat Ihre Familie zerstört und Sie an den Bettelstab gebracht. Früher waren Sie mal ein gut verdienender Ingenieur. Heute haben Sie einen Minijob in einer Reinigung und Sie leben in diesem Haus nur dank der Gutmütigkeit der Bank“, sagt Franziska Fröhling. „Hab ich einem Protokoll entnommen, das meine Kollegen nach einem Besuch bei Ihnen angefertigt haben.“

„Dann kennen Sie meine Geschichte fast so gut wie ich“, entgegnet er mit leicht resignierendem Tonfall. „Ein Happy End gibt es leider nicht. Bei mir ist das wie in dem Film mit dem Murmeltier.“

Sie hält einen kurzen Moment inne, um dann fortzufahren.

„Sie tun ja auch alles dafür, damit Sie sich immer wieder ins Gedächtnis bringen. Sie schreiben regelmäßige Leserbriefe an die Hochtaunus-Post und an andere Zeitungen. Darin schimpfen Sie auf die Spielbank, Spielhallen und Wettbüros. Und dann gab es doch neulich diese öffentlichkeitswirksame Aktion mit den Schoko-Osterhasen in der Fußgängerzone“, erinnert sie ihn. „Die hatten Sie doch überall aufgestellt und so Botschaften gegen das Glücksspiel verbreitet. Dass Sie Ihren Urlaub verspielt hätten und die Ehe hin sei, nur wegen der Spielhölle …“

„Und darum habe ich jetzt einen Kasinobesucher umgebracht …?“, fragt Neumeier mit leicht sarkastischem Tonfall. „Hören Sie, die Aktion habe ich im Auftrag einer staatlichen Einrichtung für Suchtfragen durchgeführt. Es gibt in Hessen schätzungsweise über 40 000 Spielsüchtige. Wollen Sie die alle verdächtigen und befragen?“

„Wir müssen jeder möglichen Verbindung nachgehen. Das ist nun mal unser Job. Wo waren Sie denn gestern Abend gegen Mitternacht?“

„Sie werden lachen. In der Spielbank. Seit einigen Monaten bin ich dort nicht mehr gesperrt. Ich versuche, der Bedrohung ins Auge zu sehen und so meine Sucht in den Griff zu bekommen.“

„Und das klappt?“, äußert Franziska mit zweifelndem Unterton.

„Ganz sicher“, antwortet Neumeier. „Ich habe gelernt, stark zu sein, auch wenn die Verlockung noch so groß ist.“

„Gut", meint die Kommissarin. „Wir werden das nachprüfen. Es gibt dort Videoaufzeichnungen. Ist Ihnen in der Spielbank etwas Verdächtiges aufgefallen?"

„Nein, nichts. Wenn Ihnen die Videos nicht reichen, können Sie mich auf Schmauchspuren untersuchen."

Sie nickt und reicht ihm ihre Visitenkarte.

„Wir werden erst einmal die Film-Aufzeichnungen auswerten. Rufen Sie mich an, wenn Ihnen doch noch auffällige Dinge von heute Nacht einfallen."

„Ich habe Ihnen alles gesagt."

Die Verabschiedung gerät kurz und kühl. Bernd Neumeier ist froh, den ungebetenen Gast losgeworden zu sein. Und Franziska Fröhling schnappt vor der Tür erst mal nach Luft. Sie versucht, ein paar Sonnenstrahlen zu erhaschen, und fühlt sich glücklich, dieser lebensfeindlichen Hölle entronnen zu sein. Das trostlose Innenleben des Hauses hatte ihre Stimmung während der Befragung merklich gedrückt.

6.

Inzwischen ist es Abend geworden. Nik Herzberg hat eine halbe Stunde in der Spielbank verbracht und die Roulettetische ins Visier genommen. Auf diese Weise kann er seinen Artikel mit einem Blick auf „die Gefühle der Spielbankbesucher und Mitarbeiter am Tag danach" einleiten.

Damit macht er im Grunde viel Wind um nichts. Es läuft nämlich alles wie immer ab, so als wäre am Vortag nichts geschehen. Die Kasinos sind ein ganz besonderer Kosmos, mit Menschen, die besessen versuchen, den Zufall auszutricksen. Manche verlieren in kürzester Zeit fünfstellige Summen, obwohl sie zuvor die Ergebnisse mitgeschrieben haben und ihre Strategie logisch erscheint. Andere spielen an mehreren Tischen gleichzeitig und vertrauen parallel auf die Karten beim Black Jack. Und es gibt den einsamen Desperado, verzweifelnd lauernd auf der Suche nach der Chance, die Verluste vom Vorabend wieder reinzuholen.

Im Laufe des Tages hat Nik viele Informationen und Aussagen gesammelt. Wirklich zufrieden ist er mit der Ausbeute nicht. Stoff für einen richtigen Knallerartikel befindet sich noch nicht darunter. Nichtsdestotrotz schreibt er seine Texte nach der Rückkehr aus dem „Brunnensälchen“ am Redaktions-Schreibtisch herunter – einschließlich der historischen Sensation, die Ronald Rothmund ankündigen wollte. Das klingt geheimnisvoll und sorgt für Dramatik. So kann er die Leser auf die Folter spannen und gänzlich unterschiedliche Motive gegenüberstellen: Geht es um einen Raubmord oder wollen dunkle Kräfte eine aufsehenerregende Enthüllung verhindern?

Am ersten Tag nach so einem spektakulären Ereignis reicht es für eine Zeitungsredaktion, die Tat selbst zu schildern. Das Unerwartete, das Schreckliche schafft automatisch riesige Aufmerksamkeit. Ein paar zusätzliche Anreicherungen, Vermutungen und die Experteninterviews sorgen dafür, dass sich die Leser informiert fühlen. Doch soll die Geschichte über einen längeren Zeitraum am Köcheln gehalten werden, müssen irgendwann richtige Fakten her. Je früher, desto besser!

Nik denkt darüber nach, ob der Mord an Ronald Rothmund tatsächlich mit der Spielbank zu tun hatte. Das Motiv hängt womöglich mit der Pressekonferenz zusammen, auf der das ominöse Geheimnis gelüftet werden sollte. Maja Gruber hatte ihm dazu nichts sagen können oder wollen. Immerhin erwähnte sie eine Datei, die bislang nicht aufgetaucht war. Das große Ding, das Dr. Ronald Rothmund verkünden wollte, interessiert den Journalisten immer mehr.

Zurück daheim schaut Nik auf die Uhr: 22:25 Uhr. Der anstrengende Sport am Morgen hat ihn geschlaucht. Für seine Recherchen hat er ebenfalls kraftraubende Kilometer zurückgelegt. Dennoch fühlt er sich noch nicht bereit, bei den tropischen Temperaturen ins Bett zu gehen. Er überlegt, was er tun kann, um an mehr Informationen zu gelangen. Ihm fällt Ronald Rothmunds Souterrain ein: Es liegt unter der Villa, in der das Institut untergebracht ist. Der Ermordete hatte es ihm gezeigt. Es handelt sich um eine Art Archiv, das nur über einen Seitenflügel der Villa zugänglich ist. In dem verschachtelten Ensemble gibt es einen zweiten Eingang, der häufig von Bewohnern und Geschäftsleuten benutzt wird – beide Gruppen pflegen in dem historischen Gebäudekomplex ein harmonisches Miteinander. Und: Während es auf der eigentlichen Büroetage des Geschichtsinstituts picobello aussieht, wird im Keller nur selten aufgeräumt. Hier lagern angestaubte Publikationen, archivierte Zeitungsausschnitte und sonstige historische Utensilien. Weiß auch die Polizei davon? Und hat sie dort im Zuge der Ermittlungen ihre Siegel angebracht?

Diese Fragen lassen ihm keine Ruhe. Der Journalist springt auf, verlässt die Wohnung und geht nach draußen. Er marschiert in Richtung Promenade. Sein Weg führt schnurstracks zur Villa, in der sich das Büro des Toten befindet. Unterwegs überlegt er, wie er möglichst ohne großes Aufsehen in die Kellerebene des Nebengebäudes gelangen kann.

Das weiße Haupthaus im prächtigen Bäderarchitekturstil wirkt bei Nacht unter dem Lichteinfluss einzelner beleuchteter Fenster besonders anmutig. Der dunkle Kurpark auf der Gegenseite der belebten Promenade sorgt für zusätzliche Atmosphäre; die vorbeifahrenden Autos geben dem nächtlichen Moment etwas Erhabenes. Als Nik Herzberg vor der Villa steht, dreht er sich einmal um sich selbst. Niemand scheint den seitlich zum Hof gerichteten Nebeneingang zu beobachten. Auch für die Anwesenheit der Polizei gibt es keinerlei Anzeichen. Er geht zu dem Eingang, während der Bewegungsmelder reagiert und für Helligkeit sorgt. Nik rüttelt an der Tür, doch sie bleibt verschlossen. Also muss Plan B her, um hineinzugelangen.

Zu klingeln und sich für einen Bewohner mit vergessenem Schlüssel auszugeben, ist ihm zu riskant. Das könnte schnell richtigen Ärger einbringen. Glücklicherweise hat er einen Geistesblitz. Aufgrund seiner unzähligen Interviews kennt er viele Eingänge. Er weiß, dass sich Türen bei extremen Temperaturen wie Kälte oder Hitze oft verziehen. Wenn sie dann zu langsam ins Schloss fallen, funktionieren ihre Schließanlagen nicht und sind für jeden durch bloßes Drücken von außen zu öffnen. In dieser heißen Nacht braucht er die Tür also nur zu beschweren und zu warten, bis sie der nächste Bewohner öffnet. Das ist allerdings einfacher gesagt als getan. Schließlich hat er keinen geeigneten Gegenstand parat, geschweige denn Material, um irgendwelche Dinge zu befestigen.

Nik schaut sich um. Er öffnet den Müllcontainer, mehrere dicke Fliegen werden aufgeschreckt und ein bestialischer Gestank kommt ihm entgegen. Schnell zieht er den Deckel wieder zu. Im Container befinden sich keinerlei Gegenstände, die er für seine Operation brauchen kann. Dann kommt der Papiercontainer an die Reihe. Auch hier wird er nicht fündig. Aber die zum Vorschein kommenden Pappverpackungen bringen ihn auf eine Idee und binnen Sekunden hat er einen Plan. Wie hieß doch noch die Veranstaltung von Dr. Ronald Rothmund? Richtig: „In vino veritas“. Nik will die Probe aufs Exempel machen. Er könnte etwas mit Inhalt und Verpackung an die Tür hängen.

Gelegenheit bietet das von ihm gerne besuchte mediterrane Restaurant, das nicht weit weg liegt. Eilig notiert er einen Firmennamen von der Klingel. Es handelt sich um die Firma „Tech Solutions", die im obersten Stock residieren muss, wo es dunkel ist. Danach beginnt er eine kleine Einkaufstour.

Zehn Minuten später ist Nik mit einer gefüllten Tasche zurück, in der sich eine Weinflasche befindet. Er hängt die Tasche zum Beschweren an die Tür. „Ein Dankeschön an das Team von Tech Solutions!" steht auf einer Karte an der Stofftasche. Jetzt braucht er nur noch der Dinge zu harren und darauf zu hoffen, dass sein Trick funktioniert. Wenn er Pech hat, würde er die ganze Nacht vergeblich auf der Lauer liegen. Er streift sich Kunststoff-Handschuhe über, die er beim Weinkauf im mediterranen Restaurant abgestaubt hat. Natürlich hat er dem Wirt nicht gesagt, was er damit vorhat. Kurz darauf versteckt er sich in der Dunkelheit. Er wartet im Schutz des früheren Kutscherhauses.

Eine gefühlte Viertelstunde passiert gar nichts. Die Uhr zeigt schon zwanzig nach elf. Dann läuft eine Person auf den Eingang zu. Nik Herzberg springt auf, doch schnell zieht er sich wieder zurück. Fehlalarm! Es handelt sich um einen Handzettelverteiler, der die Briefkästen füllt, obwohl die meisten Promenadenanrainer „Keine Werbung!" bevorzugen. Weitere Minuten vergehen, die ihm schier unendlich vorkommen. Als der investigative Redakteur schon leicht resigniert, öffnet sich die Tür von innen. Ein Bewohner geht nach draußen und befühlt dabei neugierig die hängende Stofftasche mit dem flüssigen Inhalt. Bitte lass ihn jetzt bloß nicht den Beutel abhängen und nach innen stellen, hofft Nik. Er hat Glück, der Nachtschwärmer lässt von der Weintasche ab und trabt die Auffahrt hinab zur Promenade.

Die Tür fällt wie beabsichtigt nur langsam zu. Am Klang erkennt Nik, wie die Schließvorrichtung nicht einrastet. Er springt auf, rennt zur Tür und drückt sie auf. Das wäre geschafft, sagt er sich, als er die Stofftasche wieder an sich nimmt. Solch einen guten Wein will er dann doch nicht irgendwelchen Fremden einfach so überlassen. Der Journalist geht hinein, bewegt sich in Richtung einer Treppe und steigt die Stufen hinab.

Unten angekommen sieht er nichts, was an der Tür klebt. Die Polizei hat die Räume nicht versiegelt. Da sich hier keinerlei Türschilder befinden, hatten die Beamten wohl keinen Zusammenhang zu Ronald Rothmunds Büro im Hochparterre gesehen. Oder sie waren gar nicht erst unten gewesen, weil sie keine weiteren relevanten Räumlichkeiten vermuteten. Sie konnten ja nicht ahnen, dass der Keller von einem anderen, separaten Eingang aus zugänglich ist.

Nik zückt seine Kreditkarte, die ihm schon zuvor beim Kauf des Weines im Restaurant wertvolle Hilfe geleistet hat. Jetzt dient sie als Werkzeug. Er zieht die Karte zwischen Tür und Rahmen nach unten durch, beinahe genauso gekonnt wie ein professioneller Einbrecher.

Die Feder des Bolzens gibt nach und die Tür öffnet sich. Er staunt über seine kriminellen Fähigkeiten. Da habe ich einen Zweitberuf, denkt er sich, falls es den Journalisten eines Tages so gehen sollte wie den Bergarbeitern. Angesichts rückläufiger Anzeigen bei der Hochtaunus-Post erscheint ein solches Szenario derzeit gar nicht so abwegig.

Kurioserweise brennt drinnen das Licht. Das irritiert ihn zwar, hat andererseits einen Vorteil: Sein Eindringen würde vermutlich unbemerkt bleiben. Denn an der Beleuchtung hatte sich scheinbar zuvor niemand gestört und so kann er bequem die Räume durchschauen. Ohnehin sind die Fenster zum Hof des Nachbargrundstücks hin ausgerichtet, wo sich der Parkplatz eines Altenheims befindet. Durch die angrenzenden Sträucher dringt nicht so viel Licht nach draußen – erst recht nicht im Sommer, weil das Grün üppig sprießt.

Ronald Rothmunds Archiv hatte früher viele Jahre als Hausmeisterwohnung gedient. Es handelt sich deshalb nicht um feuchte, graue Kellerräumlichkeiten, sondern um drei gut ausgestattete Durchgangszimmer mit Kochnische und Duschbad. Nun werden sie vor allem benutzt, um historische Erkenntnisse und Materialien zu archivieren. Einige Büroschränke dienen als Aktenablage. Im hinteren Zimmer steht ein heller, großer Schreibtisch, der mit mehreren Papierstapeln gefüllt ist. Hier kann die Suche nach dem unbekannten Inhalt beginnen.

Nik setzt sich an den großen Tisch. Er verspürt eine innere Eile, unterschwellig befürchtet er, doch entdeckt zu werden. Das brennende Licht könnte ja auch bedeuten, dass noch jemand auf der Suche nach wichtigem Material gewesen ist. Was passiert, wenn sich vielleicht sogar der Mörder von Ronald Rothmund in unmittelbarer Nähe aufhält? Da wäre ein plötzliches Auftauchen der Polizei die angenehmere Variante, selbst wenn sie ihn für den Einbruch einsperren würden.

Trotz des mulmigen Gefühls nimmt er sich die Stapel der Reihe nach vor. Viele Dinge scheinen nicht von Interesse zu sein: Bestellscheine für Wein, dicke Kataloge mit Angeboten für Büromaterialien oder Werbung, die Rothmund aufgehoben hatte. Ein paar Zeitungsausschnitte zu irgendwelchen Begebenheiten in den Dreißigerjahren befinden sich darunter. Nach knapp zehn Minuten hat Nik die drei Stapel durchforstet, ohne ein interessantes Dokument gefunden zu haben. Dann sieht er einen USB-Stick, der aus einem der Papierhaufen rutscht und auf den Teppichfußboden fällt. Beim kaum vernehmbaren Aufschlag zuckt er zusammen, er fühlt sich in der Rolle des Einbrechers zunehmend unwohler.

Er bückt sich, nimmt den Stick an sich und steckt ihn ein. Der Journalist hofft, dass sich darauf die Datei befindet, von der Maja Gruber gesprochen hat. Danach geht er an einen der Büroschränke und schiebt die lamellenartige

Tür hastig zur Seite. Die Ordner sind prall gefüllt mit weiteren Zeitungssauschnitten. Ein Ordner enthält auffällig viele rote Markierungen. Sein Inhalt handelt vom Reichstagswahlkampf im Herbst 1930 und der Zeit danach. Ganz dick angestrichen fällt ihm ein Ausschnitt vom 3. April 1931 ins Auge. Handschriftlich wurden die Worte „Putsch gescheitert!", „Finale!" und „Friedrich Wilhelm Viktor Albert ist zurück im Schloss!" darauf vermerkt. Die Zahl „31" ist auffällig markiert und es stehen ein paar Zahlen darauf, die addiert werden.

Das macht Nik stutzig. Den Mann mit dem langen Namen kennt er nicht. Aber „Finale"? Da war doch was …? Die Zahlenkombination aus der Spielbank, die Ronald Rothmund am Roulettetisch gesetzt hatte – kurz bevor er selbst sein Endspiel erlebte. Er nimmt sich vor, diesen Ordner mitzunehmen und zusammen mit dem Stick zu Hause auszuwerten. Jetzt öffnet er den zweiten Schrank, der aber nur mit Büromaterialien gefüllt ist. Er blickt sich um und sucht nach weiteren Objekten der Begierde. Nachdem er nichts findet, beschließt er, das Kellerbüro zu verlassen – zumal er weiß, dass im kleinen dritten Zimmer nur eine Besprechungsecke und der Kopierer stehen.

Als er sich umdreht und zur Tür gehen will, hört er es knacken. Das Licht geht aus, die Umrisse einer dunklen Gestalt nähern sich. Er weiß nicht, wie schnell der Überraschungsangriff vonstattengeht. Der Schreck fährt ihm in die Glieder und lähmt ihn. Plötzlich gibt es ein dumpfes Geräusch von einem Schlag und er sackt zusammen.

Für einen winzigen Moment kommt die Wahrnehmung zurück. Nik spürt, wie er abgetastet wird, und Bruchteile von Sekunden später sieht er den dunklen Schatten verschwinden. Kurz darauf verliert er wieder das Bewusstsein.

7.

Auch für Franziska Fröhling ist es mittlerweile Abend. Seit dem frühen Morgen befindet sie sich im Dauereinsatz. Sie schaut noch schnell in der Spielbank vorbei, wo sie sich die Namen der Gäste vom Vortag und die Videoaufzeichnungen der letzten Nacht geben lässt. Damit will sie am nächsten Morgen in ihr Büro in der Polizeidirektion an der Saalburgstraße fahren – und sich in Ruhe mit dem Material beschäftigen.

Während sie im Eingangsbereich alles in Empfang nimmt, befragt sie die Damen hinter dem Counter nach Bernd Neumeier. Sie kennen den Mann, weil er sich oft dort aufhält. Und sie bestätigen sein Alibi. Er hat letzte Nacht erst gegen drei Uhr die Spielbank verlassen. Auch wenn die genaue Todeszeit noch nicht feststeht, dürfte Neumeier damit als Täter ausscheiden. Die Videoaufzeichnungen könnten ihn zusätzlich entlasten.

Danach sucht Franziska sofort wieder das Weite. An diesem Mittwoch findet nämlich ganz offiziell ein „Ladies

Day“ rund um die Roulettetische statt. Aus diesem Anlass bekommen die Frauen freien Eintritt. Darüber hinaus erhalten sie einen Begrüßungssekt, Erklärungen zum Spiel und Überraschungsgewinne. Mit solchen Aktionen soll dem für jedermann offensichtlichen Männerüberschuss entgegengewirkt werden. Das ist nichts für Franziska. Sie hasst Quotenregelungen oder solche speziell auf Frauen getrimmte Aktivitäten. Das bringt sie mit dem Klischee „blond gleich blöd“ in Verbindung. Bei diesem Damenkränzchen möchte sie auf keinen Fall dabei sein.

„Ach, ist das nett hier“, plappert sie in einem spöttischen Ton vor sich hin, während sie mit ihrem Mini unter der sich öffnenden Parkschranke hindurchfährt. „Wir doofen Blondinen dürfen heute die Zahlen von eins bis sechsunddreißig lernen.“

Statt mit den „Ladies“ zu feiern, sitzt Franziska auf dem Balkon ihrer Ober-Eschbacher Wohnung und trinkt ein Glas Rotwein. Sie reflektiert die Ereignisse und Befragungen seit dem frühen Morgen. Nachdem sie das Glas geleert hat, überlegt sie kurz, ob sie noch ein zweites zu sich nehmen soll. Ihr kommt das Lied „Summerwine“ in den Sinn, warme Sommernächte sorgen für sentimentale Stimmung. Doch sie merkt, dass sie der anstrengende Tag und der Alkohol müde machen. Das Schlafbedürfnis behält eindeutig die Oberhand. Sie geht ins Bad, um sich für die Nacht vorzubereiten. Einige Minuten später fällt sie ins Bett; kurz darauf nickt sie ein.

„Rrrrr"… „Rrrrr" … „Rrrrr". Der nervige Summton ihres Smartphones reißt die Kommissarin aus dem Schlaf. Irgendwas hatte sie geträumt und es schien ein sehr schöner Traum gewesen zu sein. Aus und vorbei! Sie braucht einige Sekunden, bis sie feststellt, was da klingelt. Es ist nicht der Wecker, es handelt sich stattdessen um einen Anruf zu nachtschlafender Zeit – sie muss den Musikton versehentlich verstellt haben. Genervt schiebt sie den Button auf dem Mobiltelefon zur Seite.

„Guten Morgen, Franzi", hört sie den Kollegen am anderen Ende der Leitung. Es ist Martin Breitner. „Wir haben schon wieder einen Fall", berichtet er. „Einbruch in einer Villa mit Todesfolge …"

Müde nimmt sie die Nachricht entgegen. In solchen Momenten hätte sie am liebsten ihren Beruf an den Nagel gehängt und die Bettdecke über ihren Kopf gezogen. Schließlich ist es halb drei in der Nacht und sie hat gerade mal zwei Stunden geschlafen. Erst der nächste Satz macht sie mit einem Schlag wieder munter.

„Das Ganze ist in der Villa passiert, in der sich das Institut von Ronald Rothmund befindet."

Franziska Fröhling horcht auf. Solche Zufälle kann es nicht geben. Die beiden Taten müssen unmittelbar miteinander in Verbindung stehen.

„Ich komme", sagt sie und streift sich schnell die Klamotten über. Dann putzt sie sich die Zähne, blickt in den

Spiegel und schminkt schnell die Spuren der kurzen Nacht beiseite.

Franziska steigt in ihren Wagen. Sie verlässt die Tiefgarage und wenig später biegt sie in die Ober-Eschbacher-Straße Richtung Zentrum ein. Zum Tatort benötigt sie nur gut fünf Minuten. Um diese Zeit sind die Verkehrswege in Bad Homburg frei. Das mobile Blaulicht braucht sie gar nicht aufs Dach zu stecken, die Sirene bleibt stumm. Warum soll sie auch die armen Menschen wecken? Es reicht ja völlig aus, wenn sie am nächsten Morgen müde und gereizt ihrem Tagwerk nachgehen wird.

Sie fliegt förmlich durch den Europa-Kreisel und durch die Louisenstraße. Dann fährt sie nach rechts in Richtung der goldverzierten Russischen Kapelle, danach wieder links. Als sie auf der Promenade in Höhe des Tatorts ankommt, stehen überall Polizeifahrzeuge und Schaulustige. Dass etwas geschehen sein muss, hat sich selbst zu spätnächtlicher Stunde in Windeseile rumgesprochen – kein Wunder bei dem großen und grellen Auflauf. Sicher tut die nächtliche Schwüle ein Übriges. Die Menschen schlafen seit Tagen mit offenen Fenstern und der Einsatz ist für sie unüberhörbar gewesen.

Franziska stellt ihr Auto auf einem der Parkplätze an der anderen Straßenseite ab. Sie überquert die Fahrbahn und schon geht ihr Martin Breitner entgegen.

„Es dürfte vor zweieinhalb Stunden passiert sein“, erzählt der Polizeikollege.

Im gleichen Atemzug fügt er etwas hinzu, das die Kommissarin zusammenzucken lässt.

„Sei nicht geschockt, aber da hat es jemanden erwischt, den du gut kennst."

Wortlos gehen beide die Auffahrt zum Hof entlang. Vor dem Eingang sehen sie zwei Sanitäter und einen Mann, der auf dem Boden liegt: Nik Herzberg, der rasende Reporter von der Hochtaunus-Post, wie sie ihn zwanzig Stunden zuvor süffisant bezeichnet hat.

Franziska Fröhling bewegt sich einen Schritt schneller auf das Opfer zu. Es sind nur Bruchteile von Sekunden, bis sie vor ihm steht. Doch der Weg dorthin erscheint ihr wie eine halbe Ewigkeit. Ihr Herz pocht, sie spürt ihren Körper vor Aufregung kaum noch. Dann sieht sie, wie sich der Journalist rührt. Gott sei Dank, Nik Herzberg lebt!

„Er hat Riesenglück gehabt. Ein Schwinger mit einer Weinflasche in einer Tasche ist gegen seinen Kopf geflogen. Danach hat er sich schlafen gelegt", meint Martin Breitner. „Obwohl er außer Gefecht gesetzt wurde, hat ihn das geschleuderte Flugobjekt wohl nur gestreift. Sogar die Weinflasche ist heil geblieben. Hätte sie seinen Dickschädel mit voller Wucht erwischt, wäre er wohl nie wieder aufgewacht. Irgendwie hat er sich hierher hinausgeschleppt, wo wir ihn im Zuge eines Notrufs gefunden haben. Jetzt ist er ein bisschen abwesend und nicht ansprechbar. Wir bringen ihn gleich in die Klinik. Er dürfte bald wieder auf den Beinen sein."

Franziska holt tief Luft. Obwohl sie der Journalist häufig nervte, findet sie ihn doch irgendwie ein bisschen sympathisch. Sie ist beruhigt, ihm ist offenbar nichts Ernsthaftes widerfahren.

„Weinflasche?“, fragt sie. „Und was ist mit dem Toten, den ihr gemeldet habt?“

„Na, dann schau mal ein Stockwerk tiefer“, sagt Breitner. „Da haben wir noch ein Opfer. Das zuckt allerdings nicht mehr.“

Sie marschieren in den Keller. Unten angekommen gehen sie an den Räumlichkeiten von Ronald Rothmund vorbei zu einer offen stehenden Tür. Es handelt sich um die Waschküche für die Bewohner des Hauses. Franziska Fröhling erkennt, dass die Spurensicherung dort einen weiteren Tatort markiert hat und eifrig das Geschehene untersucht.

„Tatatata! Hier haben wir unsere nächste Leiche“, erklärt Martin Breitner im Tonfall eines Promotors im Kaufhaus, der unnütze Putzgeräte anpreist. „Hat komplett den Löffel abgegeben.“ Das ist seine flapsige Art, den Kollegen und dem Umfeld berufliche Professionalität zu signalisieren – lieber ironisch zu sein, als die Schrecken der Welt an sich herankommen zu lassen.

Seine Kollegin blickt in den Raum. Vor den Waschmaschinen liegt ein Mann mit dem Kopf in einer Blutlache. Auf einer der Maschinen steht die Weinflasche in der Tasche.

„Tja, Pech für ihn, den Wein hat er leider nicht mehr trinken können“, scherzt Breitner. „Wir vermuten, dieser Mann hat unseren Starreporter niedergeschlagen. An Flasche und Tasche befinden sich seine Fingerabdrücke. Dann ist eine weitere Person gekommen, die ihn mit einem gezielten Kopfschuss abgemurkst hat. Vermutlich haben alle nach einer ziemlich wichtigen Sache gesucht. Sonst würden sie sich kaum so dramatisch gegenseitig den Garaus machen.“

„Gibt es schon Hinweise auf die Identität des Toten?“, will Franziska wissen.

„Nein, noch nicht. Er hat keine Ausweispapiere bei sich und niemandem von uns kommt er bekannt vor.“

Martin Breitner nimmt die Weintasche in die Hand.

„Der Täter konnte dem schönen Wein nichts abgewinnen“, meint er mit seinem gewohnten Grinsen. „Könnte Anti-Alkoholiker gewesen sein. Als Kenner hätte er sicher den Tropfen nicht verschmäht.“

„Wer hat die Leiche entdeckt?“

„Eine Mieterin hat ihn gefunden, als sie sich gegen ein Uhr zur Nachtschicht aufmachte und zuvor nach ihrer Wäsche schauen wollte. Das ist die Frau, die den Notruf abgesetzt hat, von dem dann unser Sensationsenthüller profitiert hat. Den Schuss hat wieder keiner gehört, was unsere Schalldämpfertheorie bestätigen würde.“

„Schon wieder ein Schuss in den Kopf“, murmelt die Kommissarin gähnend. „Ob es sich um den gleichen Täter wie am Schwanenteich handelt …?“

„Ja, der Mörder scheint Wasser zu mögen“, skizziert ihr Kollege das nicht ganz ernst gemeinte Täterprofil. „Erst der Teich, jetzt die Waschmaschine. Bald wissen wir mehr. Denn wir haben bei unserem rasenden Star-Reporter von der Hochtaunus-Post einen USB-Stick gefunden. Das könnte ein bisschen Licht ins Dunkel bringen, wenn er den Stick hier geklaut haben sollte. Mal sehen, was sich an interessanten Sachen darauf befindet. Außerdem könnten wir ihn damit wegen eines Raubdelikts einsperren. Da werden sich unsere Freunde vom Einbruchsdezernat drum kümmern.“

Tag zwei: Donnerstag

8.

Langsam wacht er aus dem Schlaf auf. Verschwommen sieht Nik Herzberg ein bläuliches Licht und ein Gesicht mit langen, blonden Haaren. Er fühlt, dass er sich nun im Himmel befindet, und die Figur muss ein Engel sein.

„Guten Morgen", begrüßt ihn das Engelsgesicht. „Es ist schon nach halb zehn. Sie sind ein richtiger Langschläfer."

„Wo bin ich?", fragt er, während er die Umrisse des Gesichts langsam deutlicher wahrnimmt.

„Sie sind im Krankenhaus, glücklicherweise nicht auf der Intensivstation. In der Nacht wurden Sie in einen Kriminalfall verwickelt. Dabei haben Sie sich offensichtlich mit dem Falschen angelegt."

„Kriminalfall?", stammelt er. „Ich kann mich an nichts erinnern."

Immerhin erkennt er jetzt die Person, die er Sekunden vorher für einen Engel gehalten hat.

„Das behaupten alle Verdächtigen", bekräftigt Franziska Fröhling. „Nun, da kommt einiges zusammen", fügt sie frohlockend hinzu. „Einbruch, Unterschlagung von Beweismaterial und eventuell sogar Mord, denn es gab bei Ihrer nächtlichen Aktion eine Leiche. Endlich kann ich Sie für mindestens 15 Jahre einbuchten und in dieser Zeit in Ruhe meinen Ermittlungen nachgehen."

Er starrt sie ungläubig an.

„Jetzt schauen Sie nicht gleich so düster. Womöglich werden es auch ein paar Jahre weniger", beruhigt ihn die Kommissarin augenzwinkernd. „Kommt natürlich auf den Richter an. Vielleicht kriegen Sie ja mildernde Umstände. Schweres Journalistenleben, Zeitungssterben oder so."

Nik ist ziemlich sprachlos.

„Sie haben Glück", meint Franziska mit einem bedauernden Unterton. „Den Mord können wir mittlerweile mit sicherer Wahrscheinlichkeit ausschließen. Sie lagen ja während der Tatzeit völlig weggetreten im Koma. Zugegeben, ein perfektes Alibi. Fast schon zu perfekt."

Er versucht, sein Gedächtnis aufzufrischen, was ihm äußerst schwerfällt. Der Schädel brummt und er kann keinen klaren Gedanken fassen. Wo hat er sich zuletzt aufgehalten? Und was hatte das Ganze mit einem Mord zu tun?

„Sie haben eine Gehirnerschütterung. Da ist ein Filmriss völlig normal", erklärt Franziska. „Irgendjemand hat Sie gestern mit einer Weinflasche ausgeknockt. Es geschah wohl, als Sie in einen Keller auf der Promenade eingebrochen sind, wie unsere Ermittlungen vermuten lassen. Nun müssen Sie erst mal in der Klinik bleiben und sich hinterher zu Hause schonen."

„Ausgeknockt?", rätselt er. „Und wer ist die Leiche?"

„Formulieren wir es mal so: Sie haben sich aus irgendeinem Grund verlaufen und dabei mit Plastikhandschuhen die Kellerräume betreten. Dort werden Sie nach etwas gesucht haben. Ihre Suche hing vermutlich mit dem Mord an Dr. Rothmund zusammen."

Nik fällt ein, dass er Franziska tags zuvor in aller Frühe am Teich gesehen hat. Langsam dämmert es ihm, warum er recherchiert hat: Dr. Ronald Rothmund ist ermordet worden. Er sieht die Leiche des Historikers vor sich und die Kommissarin mit dem Ausweis des Toten herumfuchteln. Richtig, da gibt es einen Kriminalfall und er hat nach Material gesucht. Und heute Nacht ist scheinbar noch ein zweites Opfer hinzugekommen.

„Da Sie keine Fingerabdrücke hinterlassen haben, können wir Ihnen, wie es aussieht, im Moment nichts nachweisen", fährt Franziska fort. „Natürlich gibt es Fasern und andere Partikel, die Ihnen zuzuordnen sind. Aber die könnten theoretisch auch auf anderem Wege dorthin gelangt sein. Kann sein, dass Sie schon vorher mal da unten gewesen sind. Ist egal, gehört auch gar nicht in unser Ressort. Na ja, irgendwann tauchten jedenfalls zwei Personen auf. Einem gefiel Ihr Treiben wohl ganz und gar nicht. Er hat Sie niedergeschlagen, um dann dummerweise vom anderen mit einem Schuss eliminiert zu werden."

„Das klingt nach Wildwest", murmelt Nik vor sich hin. „Bin da wohl im falschen Film gewesen."

„Wenigstens gab es für Sie ein Happy End. Sie haben sich nämlich befreit und sind nach draußen getorkelt, wo Sie bewusstlos gefunden wurden", wägt die Kommissarin wohlwollend ab. „Was Sie im Keller gemacht haben und wie Sie reingekommen sind, hat für uns jetzt keine Priorität. Uns geht es vornehmlich um den Mord. Wer der Tote ist, wissen wir noch nicht. Wir versuchen gerade, seine Identität festzustellen."

Nachdem sich Franziska verabschiedet hat, schaut der Chefarzt der Abteilung vorbei. Obwohl Nik Herzberg nur Kassenpatient ist, lässt es sich Dr. Reinhold Koch-Wegener nicht nehmen, ihn persönlich zu besuchen. Beide kennen sich von früheren Interviews, die der Lokalredakteur in der Klinik geführt hat.

„So schnell sieht man sich wieder", stellt Dr. Koch-Wegener mit leicht ironischem Unterton fest. „Führen Sie Ihre Recherchen bei uns neuerdings als Patient getarnt durch?"

„Wenn ich das wüsste", entgegnet Nik. „Ehrlich gesagt weiß ich nur vom Hörensagen, wie ich hierhergekommen bin. Stimmt es, dass ich ein paar Tage bleiben muss?"

„Aus medizinischer Sicht scheint alles halb so wild", beruhigt ihn der Mediziner im grünen Kittel. „Wir behalten Sie bis morgen zur Beobachtung hier. Motorik und Sprache scheinen nicht beeinträchtigt, wie ich Ihren Worten und Gesten entnehme. Vermutlich wird bald auch die Erinnerung an den gestrigen Abend nach und nach wiederkehren."

„Haben Sie die heutige Hochtaunus-Post für mich?", bittet ihn Nik Herzberg. „Vermutlich bin ich nach der Lektüre wieder im Bilde, wonach ich recherchiert hatte."

„Ja, haben wir. Aber strengen Sie sich beim Lesen nicht so an. Eine Schwester wird Ihnen in Kürze die Zeitung bringen."

Dann wird der Chefarzt sehr ernst.

„Schreckliche Dinge, die da passiert sind", klagt er. „Ich kannte Dr. Rothmund sehr gut, war mit ihm auf eine gewisse Art befreundet. Wir haben ab und an einige Dinge miteinander unternommen. Es ist kaum zu fassen, dass er nicht mehr unter den Lebenden weilt."

Kurz darauf verlässt Dr. Koch-Wegener den Raum, in dem Nik alleine liegt. Er wundert sich darüber, ein Einzelzimmer zu haben. Hat die Klinik etwa Sorge, er könne hinterher einen Artikel über einen fiesen Mehrbettschlafsaal schreiben? Egal: Zwar fühlt er sich nicht wie das blühende Leben, doch mit diesem Privileg lässt es sich einigermaßen aushalten. Er hofft, dass nicht noch ein anderes Bett ins Zimmer geschoben wird. Auf einen lauten Schnarcher oder anstrengenden Dauerquassler mit ewig langen Krankengeschichten hat er nun wirklich keine Lust.

Knapp zwanzig Minuten später reicht ihm Schwester Margarethe die gewünschte Zeitung. Die Titelseite ist reißerisch aufgemacht. Zu sehen sind ein großes Foto vom Schwanenteich und eine Leiche, die im Zinksarg abtransportiert wird. *MORD IM KURPARK* steht in riesigen Lettern darunter geschrieben. Nik blättert die Seiten eilig durch und stößt auf seine eigenen Artikel. Das Überfliegen der Textzeilen macht ihn müde und er wehrt sich nicht gegen den Schlaf. Erst als ihm eine halblaute Stimme entgegenschallt, wacht er wieder auf.

„Es gibt Mittagessen“, hört er Schwester Margarethe. „Damit werden Sie wieder schnell zu Kräften kommen.“

Eigentlich verspürt Nik keinen allzu großen Hunger. Andererseits haben seine Kopfschmerzen nachgelassen. Und das Essen sieht auf den ersten Blick genießbar aus. Es gibt ein exotisches Gericht mit gebratenem Gemüse und es riecht nach süß-saurer Soße. Auch der Milchreis zum Nachtisch weckt seine Lebensgeister aufs Neue. Er beschließt, ein wenig Nahrung zu sich zu nehmen.

Die Schwester räumt die Zeitung beiseite. Anschließend fährt sie die automatische Rückenlehne nach oben. Dadurch kann er das Mahl im Sitzen einnehmen. Sie wünscht ihm einen guten Appetit und geht.

Eine Stunde später erhält er neuerlichen Besuch. Nathalie Berger, die Sekretärin des Chefredakteurs, schaut vorbei und bringt einen Blumenstrauß mit. Auch sie erzählt Nik, was ihm in der Nacht passiert ist. Er kann sich inzwischen wieder daran erinnern, wie er in der Dunkelheit vor der Villa gewartet hat. Die Zeit danach ist weiterhin weggeblasen. Das, was Nathalie Berger ihm da berichtet, deckt sich größtenteils mit dem, was Franziska Fröhling gesagt hat. Es könnte auch einem völlig Fremden widerfahren sein.

„Ehrlich gesagt, der Chef ist sauer wegen der Aktion gestern Abend“, gibt sie die Stimmung aus ihrem Vorzimmer wieder. „Es ärgert ihn, dass wir mittlerweile fast schon unsere eigenen Schlagzeilen produzieren und selbst in den Fall verwickelt sind. Aber ich bin sicher, der kriegt sich schon wieder ein. Im Bericht für die morgige Ausgabe wirst du nicht erwähnt, die Sache mit der Weinflasche bleibt außen vor. Am Ende zählt bei ihm sowieso die Auflage. Schon heute Mittag sind wir überall ausverkauft gewesen. Das wird in den nächsten Tagen so weitergehen. Der zweite Mord hat die ganze Stadt erst recht in Aufruhr versetzt."

„Kann ich mir vorstellen", sagt Nik. „Gibt es Neuigkeiten in der Sache?"

„Dieser verrückte Bernd Neumeier hat wieder einen Leserbrief geschrieben", berichtet sie. „Für ihn ist der Mord nach dem Spielbankbesuch eine Art Prophezeiung. Roulette und Glücksspiel bringen Unglück über die Menschen, was sich nach seiner Meinung im Kurpark wieder bestätigt hat. Er fordert die Stadt auf, das Kasino und alle Spielhöllen in Bad Homburg zu schließen. Mal sehen, ob wir das in den nächsten Tagen veröffentlichen. Hängt auch davon ab, wie schnell die Ermittlungen vorangehen und der Mörder gefasst werden kann."

„Und sonst?", zeigt sich Nik weiter neugierig. „Was ist mit dem zweiten Mord?"

„Puh, ich weiß gar nicht, ob ich dich damit in deinem Zustand schon belasten sollte …"

Nach einer kurzen Pause fährt Nathalie Berger mit ihren Ausführungen fort.

„Nun, mit großer Wahrscheinlichkeit wurde bei der Tat gestern Nacht die gleiche Schusswaffe wie beim Mord an Rothmund verwendet. Und die Polizei hat jetzt die Identität des Toten in der Villa festgestellt."

„Spann mich nicht auf die Folter. Ich würde schon gerne wissen, wer mir den K.-o.-Schlag verpasst hat."

„Es wird dich gleich wieder umhauen", warnt sie. „Denn es scheint tatsächlich um eine geschichtliche Sensation zu gehen. Der Ermordete ist Peter von Löwental, Herausgeber des renommierten Historischen Magazins in Frankfurt."

Der Name sagt Nik nichts. Der Fall wird verworrener und doch ein bisschen klarer.

„Damit können wir eine Verbindung zum Spielbank-Überfall auf den Russen wohl ausschließen", folgert er. „Vermutlich wurde bei Ronald Rothmund das Geld nur mitgenommen, um die Ermittler auf eine falsche Fährte zu locken. In Wirklichkeit war das gar kein Raub. Der oder die Mörder wollten ihn unschädlich machen, damit gewisse Dinge nicht ans Licht kommen. Und dass er gerade aus dem Kasino kam, muss wohl purer Zufall gewesen sein."

Als er nach Nathalie Bergers Besuch wieder allein im Zimmer ist, rappelt er sich auf. Er durchwühlt im Schrank seine Kleidung. Inzwischen hat sich bei ihm sein Gedächtnis zurückgemeldet. In der Hose sucht er vergeblich nach dem USB-Stick, den er bei seiner nächtlichen Recherche eingesteckt hat. Nik fürchtet, dass der Mörder den Stick mitgenommen hat. Das würde ihn bei seiner Suche nach verwertbarem Stoff zurückwerfen.

Er überlegt. Am nächsten Morgen werden sie ihn aus der Klinik entlassen. Bis dahin fühlt er sich ziemlich zur Untätigkeit verurteilt. Nik erinnert sich an Rothmunds Finalkombination aus der Spielbank und seine mögliche Bedeutung – wahrscheinlich, weil die Anmerkungen in dem Ordner so knallig rot vorgenommen worden waren. Er beschließt, aus der Situation das Beste zu machen. Wenigstens kann er die unfreiwillige Auszeit nutzen und diese Spur weiterverfolgen. Nathalie Berger hat ihm einen Laptop mit mobilem Internetanschluss mitgebracht. Damit beginnt er einen Streifzug durch die deutsche Geschichte. Der Artikel mit den Markierungen war vom April 1931. Die „31" kam auch in dem Zahlenquartett vor, das Ronald Rothmund in der Spielbank gesetzt hatte. War das ein weiterer Hinweis? Nik Herzberg sucht, welche Ereignisse zwischen Spätsommer 1930 und Frühjahr 1931 die Menschen bewegten. Was könnte es gewesen sein, das der Historiker entdeckt hatte und das zu einer weltbewegenden Enthüllung werden sollte? Und warum durfte die Öffentlichkeit nichts davon erfahren?

9.

„Warum hatte er es so eilig gehabt?“, fragt sich die Stimme. „Aus welchem Grund hat er schon kurz nach dem Ableben von Dr. Ronald Rothmund im Keller geschnüffelt? Er wusste doch, dass es lebensgefährlich wird, sich in dessen Umfeld aufzuhalten.“

War der Tod des Historikers nicht schon Warnung genug gewesen? Dieser geschichtsversessene Selbstdarsteller hatte einen dummen Fehler gemacht und zudem war er sehr geschwätzig. Das musste er mit dem Leben bezahlen.

„Selber schuld“, sagt die Stimme. „Wenn du doch einfach nur geschwiegen hättest und ein kleines bisschen sorgfältiger mit deinen Dingen umgegangen wärest.“

Der zweite Mord ist nicht geplant gewesen. Der Zufall hatte es so gewollt, denn Peter von Löwental stand nicht im Drehbuch. Und doch war es eine glückliche Fügung, ihm im Keller begegnet zu sein und so von seiner Existenz zu erfahren. Früher oder später wäre er sowieso an anderer Stelle aufgetaucht und hätte nur Ärger bereitet. Das kann jetzt nicht mehr passieren.

Offensichtlich hatten mehrere Personen plötzlich Wind von der Sache erhalten. Sie wollten der Angelegenheit unbedingt auf den Grund gehen und suchten das gleiche Dokument. Gut, der Journalist von der Hochtaunus-Post erschien auf den ersten Blick harmlos. Dem ging es nicht um persönliche Dinge oder um historische Sensationen. Der wollte nur seine Mordgeschichte haben, um ein bisschen Aufregung in seinen Schreiber-

alltag zu bringen. Niemals würde er in der Lage sein, die ganze Dimension der Sache zu durchschauen. Also bedeutete er zum jetzigen Zeitpunkt keine Gefahr, auch weil er sich gerade nicht an allzu viel erinnern kann. Er war zur falschen Zeit am falschen Ort und hat sich dabei durch seine nächtliche Recherche eine Gehirnerschütterung eingehandelt – ein zufälliger Kollateralschaden. Schmerzensgeld dafür gibt es nicht. Als Entschädigung darf er nun sogar über zwei Morde schreiben. Im Grunde ist er ein Profiteur. Trotzdem muss er im Auge behalten werden. Wer weiß, wann sich sein Gedächtnis zurückmeldet und was er noch in Erfahrung bringt.

„Wer nicht hören will, muss fühlen", brummelt die Stimme vor sich hin. „Wenn er in der Sache zu neugierig wird, werde ich handeln müssen."

10.

Franziska Fröhling sitzt in ihrem kargen Büro, das sie mit Martin Breitner teilt. Nachdem sie gegen fünf Uhr früh den Tatort verlassen hatte, lohnte es sich nicht mehr, ins Bett zu gehen. Sie frischte sich auf, nahm ein entspannendes Bad. Nachdem sie gefrühstückt hatte, fuhr sie zur Polizeidirektion in der Saalburgstraße.

Ihr Besuch in der Klinik liegt schon einige Stunden zurück. Mittlerweile ist es Nachmittag und sie nimmt die nächste Tasse Kaffee zu sich. Eigentlich macht sich der fehlende Schlaf kaum bemerkbar. Sie fühlt sich zwar nicht wie das blühende Leben, aber sie geht ganz normal ihrem Tagwerk nach. Vermutlich hat sich die innere Uhr bereits auf die unregelmäßigen Schlafphasen eines Polizistenlebens eingestellt. Außerdem steht sie von den bewegenden Ereignissen der vergangenen Nacht noch ziemlich unter Strom.

Nun muss sie also einen zweiten Mord aufklären, obwohl es nicht einmal eine richtige Spur im ersten Fall gibt. Sie ist sich sicher, beide Ereignisse stehen miteinander in Verbindung; die von Dr. Ronald Rothmund entdeckte historische Sensation dürfte der Schlüssel sein. Mit großer Wahrscheinlichkeit haben sich die beiden Toten beruflich gekannt. Das bringt zumindest Schwung in die Ermittlungen, denn dadurch ergeben sich Anknüpfungspunkte, wo sie bei weiteren Recherchen ansetzen kann.

Auch Franziska glaubt längst nicht mehr, dass es sich beim Verbrechen an Ronald Rothmund um einen Raubmord handelt. Zwar wurde dem Opfer das Geld weggenommen, aber das ursächliche Tatmotiv muss ein anderes gewesen sein. Wenig später bestätigen die Ergebnisse der kriminaltechnischen Untersuchung diese These. Bei der Tatwaffe handelt es sich in beiden Fällen um das dasselbe Werkzeug – eine Walther PPK mit dem Kaliber 7,65 Millimeter. Da liegt eine Vermutung klar auf der Hand, derselbe Täter hat beide Opfer auf dem Gewissen. Zudem wurde noch Gift injiziert, was quasi doppelt tödlich gewirkt hatte. Da wollte jemand auf Nummer sicher gehen, um Ronald Rothmund und Peter von Löwental in die ewigen Jagdgründe zu befördern.

Wieso eigentlich der Täter?, fragt sie sich. Ist Gift nicht typisch für einen Frauenmord? Ihr fällt sofort Maja Gruber ein, die mit Ronald Rothmund in unmittelbarer Verbindung stand. Sie hat Zugang zu den Kellerräumen und sie mauert offensichtlich bei der Aussage. Aber sofort verwirft Franziska den Verdacht wieder. Obwohl ihr der Gedanke gefällt, hat sie wohl allzu schnell Privates und Dienstliches miteinander vermischt.

Zudem spricht das verwendete Gift „Aconitin" eher für einen geheimnisvollen Unbekannten. Eine genaue Analyse steht noch aus. Jedoch hätte das Gift in beiden Fällen für ein kurzfristiges Ableben gesorgt, wenn der Schuss nicht bereits tödlich gewesen wäre. Das klingt sehr kühl geplant und äußerst rational, während Frauen vielfach emotional reagieren. Die Kombination aus Schuss und Gift deutet eher auf einen Profi als Killer hin: Marke Ex-Geheimdienstler oder Ähnliches, was die zwei Morde noch mysteriöser macht. Immerhin konnten die Gerichtsmediziner in der Zwischenzeit einigermaßen genau die Todeszeitpunkte feststellen. Beide Morde sind wie vermutet zwischen Mitternacht und ein Uhr geschehen.

Blöderweise bringt der bei Nik Herzberg gefundene USB-Stick keine neuen Erkenntnisse. Beim ersten Check stellt sich heraus, dass sich darauf ältere Aufsätze und Kommentare zu bekannten geschichtlichen Ereignissen befinden. Keine der Dateien weist irgendeinen Bezug zur geplanten Pressekonferenz auf. Auch die Spurensicherung wird auf der Suche nach den ominösen Unterlagen für die Journalisten nicht fündig, weder in Ronald Rothmunds Büro noch in seinem Archiv.

Peter von Löwental war verheiratet und hatte zwei Söhne, zehn und zwölf Jahre alt. Die Nachricht vom Tod des Ehemanns hatten die Frankfurter Kripo-Kollegen bereits seiner Frau überbracht. Franziska ist froh, dass ihr diese unangenehme Arbeit abgenommen wurde. Nun macht sie sich mit ihrem Ermittlerkollegen auf den Weg nach Frankfurt, um Frau von Löwental zu befragen. Auch das wird keine spaßige Angelegenheit, nur wenige Stunden, nachdem ihr Mann aus dem Leben gerissen wurde.

Sie sind im Westend angekommen und stehen vor einer kleinen Stadtvilla, hübsch rausgeputzt, wenn auch nicht übermäßig üppig.

„Nicht schlecht, was einer mit so einem Magazin verdienen kann", staunt Martin Breitner.

An der Eingangstür befinden sich zwei Klingeln und neben dem unteren Druckknopf ein kleines Schild: „Historisches Magazin – Verlag von Löwental". Darüber ist ein weiteres Schild in gleicher Größe und Optik angebracht. Darauf steht der Name „von Löwental". Franziska drückt auf die obere Klingel.

Frau von Löwental öffnet die Tür. Sie ist eine aparte, durchaus elegante Erscheinung mit hellblondem Kurzhaarschnitt – Typ gehobenes Bildungsbürgertum. Obwohl sie die Nachricht vom Ableben ihres Mannes erst am Vormittag erhalten hat, wirkt sie sehr gefasst.

„Die Kinder sind oben und werden gerade von ihrer Großmutter betreut. Für sie ist die Situation ganz schlimm“, sagt sie.

Während sie spricht, weist sie mit ihrer rechten Hand den Weg.

„Lassen Sie uns ins Wohnzimmer gehen.“

Franziska Fröhling und Martin Breitner folgen ihr. Sie gelangen in einen großen, weiß gehaltenen Raum mit einem riesigen Bücherregal, einem Klavier und einer eleganten Sitzecke. Eine Flügeltür führt in einen Nebenraum, wo sich das Esszimmer zu befinden scheint.

„Möchten Sie etwas trinken?“, fragt Louise von Löwental.

Die beiden Polizeibeamten verneinen, betonen, sie wollen nicht lange verweilen.

Sie setzen sich auf die Polstermöbel im Wohnzimmer. Franziska spricht der Hausherrin ihr Beileid aus. Frau von Löwental nickt und nimmt die Bekundung eher geschäftsmäßig zur Kenntnis.

„Möglicherweise haben Sie die trauernde Witwe erwartet“, sagt sie. „Da muss ich Sie enttäuschen. Mein Mann und ich haben uns während des Studiums an der Uni kennengelernt. Seit 16 Jahren sind wir verheiratet, aber unsere Ehe bestand nur noch auf dem Papier. Jeder lebte sein eigenes Leben. Ein bisschen Fassade haben wir aufrechterhalten – einerseits wegen der Kinder und andererseits macht sich eine harmonische Ehe in gesellschaftlichen Kreisen besser."

„Unterhielt Ihr Mann eine Beziehung zu einer anderen Frau?", fragt Franziska Fröhling.

„Ich vermute mal, ja. Er hat nichts anbrennen lassen. Aber einen Namen kann ich Ihnen nicht nennen. Seine Affären haben mich nicht interessiert."

„Wie sind Ihre finanziellen Verhältnisse geregelt? Wer erbt denn jetzt den Verlag und dieses schöne Haus?"

„Für mich gibt es da nichts zu erben", erzählt Louise von Löwental. „Das Haus gehört sowieso meinen Eltern. Mein Mann brachte außer dem Adelstitel nichts in die Ehe ein. Und der Verlag ist brotlose Kunst; der wirft kaum was ab. Das war reiner Zeitvertreib, damit konnte er auf Empfängen und Partys punkten. Mehr Schein als Sein. Zumindest unter wirtschaftlichen Gesichtspunkten betrachtet."

„Hatte Ihr Mann denn Mitarbeiter beschäftigt, die wir befragen könnten?"

„Nein, er hat den Verlag als Ein-Mann-Büro betrieben."

„Es gab einen Tag zuvor einen weiteren Toten", bringt sich Martin Breitner in das Gespräch ein. „Dr. Ronald Rothmund, ein Bad Homburger Historiker, ist ermordet worden. Kannten Sie ihn?"

„Flüchtig. Wenn ich mich recht erinnere, wurde er mir mal zu irgendeinem Anlass vorgestellt. Glauben Sie, die beiden Fälle hängen zusammen?"

„Zumindest deutet einiges darauf hin", meint Franziska. „Das gleiche Milieu, die Tatsache, dass sich beide kannten, dieselbe Tatwaffe, die Tatorte in unmittelbarer Nähe. Was meinen Sie, warum hielt sich Ihr Mann zu nächtlicher Stunde in Bad Homburg auf?"

„Ich weiß es nicht, ich hatte mit ihm gestern Abend nicht mehr gesprochen. Es wird dafür eine Erklärung geben. Jedenfalls ist er kein Einbrecher."

„Und wie erklären Sie sich, dass er einem anderen Menschen eine Weinflasche über den Schädel gezogen hat?"

„Dieses Verhalten ist mir völlig unbekannt. Ich habe ihn nicht immer im Berufsleben begleitet, aber er war bestimmt kein rabiater Vertreter seiner Zunft", relativiert Frau von Löwental. „Da muss etwas ganz Dramatisches vorgefallen sein, wenn er so reagiert hat. Bestimmt hat er sich bedroht gefühlt."

„Hat er sich in den letzten Tagen irgendwie verändert gezeigt?

„Mir ist da nichts aufgefallen."

„Wir müssen Sie routinemäßig fragen, wo Sie sich gestern gegen Mitternacht aufgehalten haben."

„Ich war gestern ziemlich müde, weil ich früh aufgestanden bin. Das heißt, ich habe bereits ab elf geschlafen."

„Alleine?"

„Ja, alleine. Zeugen dafür gibt es keine, wenn Sie darauf hinauswollen. Meinen Mann habe ich das letzte Mal gestern Nachmittag gesehen. "

Louise von Löwental gibt sich ziemlich selbstsicher. Auf alles hat sie eine Antwort parat. Die vornehme Frau scheint so über jeden Verdacht erhaben zu sein.

Nach dem Gespräch mit der Witwe beschließt die Kommissarin, noch einmal ins Krankenhaus zu gehen und sich mit Nik Herzberg auszutauschen. Immerhin kannte er Dr. Ronald Rothmund persönlich und jeder noch so kleine Hinweis würde ihr bei der Aufklärung des Verbrechens helfen. Wenn Franziska Glück hat, kann er sich mittlerweile wieder daran erinnern, was er bei seiner nächtlichen Aktion suchte. Möglicherweise könnte ihm über den USB-Stick hinaus ein wichtiges Beweisstück in die Finger gekommen sein, das ihm dann entrissen wurde. Im Anschluss an ihren Krankenhausbesuch will sie sich selbst ein erneutes Bild vom Archiv in der Villa machen.

11.

In der Klinik nutzt Nik die Zeit und unternimmt via Internet eine Reise in die frühen Dreißigerjahre. Einiges kennt er noch aus dem Schulunterricht und von Fernsehdokus: die Endzeit der Weimarer Republik, die Auswirkungen der Weltwirtschaftskrise, das Erstarken der radikalen Parteien. Seinerzeit fand ein massiver Abzug ausländischer Kredite statt. Dadurch verschärfte sich die wirtschaftliche

Situation in Deutschland noch dramatischer. Es gab 1931 fast fünf Millionen Arbeitslose und die Sozialsysteme brachen zusammen. Der wirtschaftliche Niedergang blieb nicht ohne Folgen: Bei den Reichstagswahlen 1930 hatten die Nazis ihren Stimmenanteil mehr als versiebenfacht, von 2,6 Prozent auf 18,3 Prozent. Die Befürworter der Demokratie wurden weniger und Gerüchte über Umstürze machten die Runde.

Der auf dem Zeitungsausschnitt vom 3. April 1931 handschriftlich erwähnte Putsch erweist sich allerdings als gescheiterte Revolte innerhalb der SA – eine historische Tatsache, die kein Geheimnis ist, wie Nik Herzberg beim Internet-Surfen feststellt.

Was bedeutet die zweite handschriftliche Anmerkung, an die er sich erinnert? „Friedrich Wilhelm Viktor Albert ist zurück im Schloss!" Nik gibt den ellenlangen Namen in die Suchmaschine ein und wird fündig. Es handelt sich um niemand Geringeren als den letzten deutschen Kaiser, Wilhelm II. Er liest weiter und findet noch einen interessanten Aspekt: In den wechselvollen Jahren nach dem ersten Weltkrieg machten immer wieder Mutmaßungen die Runde. Die Leute glaubten, es könnte womöglich eine Rückkehr des Kaisers auf den Thron geben. Jetzt fallen ihm die seltsamen Additionen ein, die auf dem Zeitungsausschnitt standen: 2+1=3, 3+1=4 – diese Ziffern markieren das Datum: 3. April. Er denkt nach: Die „1" könnte für den Kaiser als ersten Mann im Reich stehen, die „11" für den Monat seiner Abdankung; so lässt es sich trefflich spekulieren.

„Friedrich Wilhelm Viktor Albert ist zurück im Schloss!“ Nik arbeitet sich tiefer in die Materie ein. Die meisten Historiker schließen aus, dass die Rückkehr des Kaisers erfolgreich gewesen wäre, findet er bei seiner Internet-Suche heraus. Denn Wilhelm II. galt in vielen Kreisen nach seiner Flucht in die Niederlande als „Weichei“. Nichtsdestotrotz bestand damals eine starke Sehnsucht in der deutschen Bevölkerung nach einer Rückkehr zur Monarchie.

Und welches Schloss war gemeint? Homburg galt als Lieblingsstadt des Kaisers. Schon als Kind soll er 1870 da gewesen sein und ab 1897 hier regelmäßig seine Sommerurlaube abgehalten haben. Auch eine Heizung und eine Telefonanlage hat er dort einbauen lassen. Sein Haus- und Hofarchitekt Louis Jacobi brachte das Schloss wieder auf Vordermann.

Andere maßgebliche Bauprojekte wie der Nachbau des Römerkastells Saalburg oder die Erlöserkirche in der Dorotheenstraße gingen auf Wilhelms Initiative zurück. Der Monarch war bei der Homburger Bevölkerung beliebt – kein Wunder, denn er brachte der Stadt nicht nur royalen Glanz. Die lokale Wirtschaft profitierte mächtig von der kaiserlichen Sommerresidenz: Luftschiffparaden und Autorennen fanden statt, genauso wie gesellschaftliche Ereignisse im landgräflichen Schloss. Die Anwesenheit des Kaisers ließ die Kassen klingeln und machte die

Hoteliers, Gastronomen, Händler und Hoflieferanten glücklich.

In den schweren Jahren nach 1918 blieb nur die Erinnerung an eine bessere Zeit. Bad Homburg versank nach dem ersten Weltkrieg in Armut, wird das Stadtarchiv in einem Artikel zitiert. Auch deshalb sollen die Stadtoberen „ihren Kaiser Wilhelm“ um die Rückkehr gebeten haben. So steht es in einem anderen Zeitungsartikel eines Frankfurter Blattes, den Nik Herzberg gegoogelt hat.

Er versucht daraus Schlüsse zu ziehen. Gab es im April 1931 womöglich ein anderes Ereignis, das historisch bislang unbekannt ist? Planten einflussreiche Kreise eine Revolte und wollten sie Wilhelm II. wieder auf den Thron befördern? Niks Fantasie blüht: Hielt sich der Kaiser bereits in Deutschland auf, und vielleicht sogar im Bad Homburger Schloss? Zugegeben, das klang ziemlich wirr, zumal die Geschichtsschreiber immer betonten, Wilhelm habe sein holländisches Exil nie verlassen. Stimmte dies jedoch nicht, hätte das den Verlauf der Geschichte ändern können.

Aber warum mussten deshalb zwei Menschen sterben? Selbst wenn sich eine solche neue Erkenntnis als wahr herausstellte, hätte sie keinen Einfluss mehr auf die Gegenwart. Für unsere heutige Zeit wäre sie völlig bedeutungslos, die Uhren lassen sich nicht mehr zurückdrehen. Wen außer einigen Geschichtsforschern interessiert im 21. Jahrhundert, was der abgedankte Kaiser anno 1931 so trieb …? Nein, das Kapitel scheint abgeschlossen. Die Motive für die Morde an Ronald Rothmund und Peter von Löwental müssen folglich in der Gegenwart liegen. Doch wer besitzt ein Interesse daran, ein achteinhalb Jahrzehnte zurückliegendes Ereignis unbedingt vertuschen zu wollen, und warum?

Wo soll er bei seinen Nachforschungen ansetzen? Die Sache entwickelt sich ähnlich wie die berühmte Suche nach der Nadel im Heuhaufen. Nik beschließt, nach seiner Entlassung aus dem Krankenhaus am nächsten Morgen einen anderen Historiker hinzuzuziehen. Wie er schon vor dem unfreiwilligen Klinikaufenthalt geplant hatte, will er Ronald Rothmunds früheren Lehrstuhl an der Uni aufsuchen. Auf diese Weise hofft er, auch noch einiges über dessen Vorleben zu erfahren. Danach würde er sich auf die Suche nach Zeitzeugen machen, wenn sie denn noch lebten. Wer hatte einen geheimnisvollen Gast gesehen, der Anfang April 1931 im Bad Homburger Schloss wohnte? Wenn er Glück hätte, gäbe es noch irgendwelche Enkel von Bediensteten, die sich als Kleinkinder im Schloss aufgehalten hatten. So könnte er den Beweis finden, ob seine Vermutung tatsächlich stimmte oder nur eine verrückte Hypothese war.

Während er sich seine Strategie für den nächsten Tag zurechtlegt, klopft es plötzlich an der Tür. Sie öffnet sich und noch bevor er herein bittet, tritt Franziska Fröhling in das Krankenzimmer ein.

„Hallo“, begrüßt sie ihn. „Ich wollte mal schauen, ob unser nächtlicher Einbrecher noch dingfest ist. Damit sich die Bad Homburger Bevölkerung sicher fühlen kann.“

„Ja, Miss Marple, ist er. Aber nur bis morgen. Dann werde ich aus dem Krankenhaus entlassen und treibe wieder mein Unwesen.“

„Was macht das Gedächtnis? Sind die kleinen grauen Zellen endlich aufgewacht?“

„Ganz bestimmt“, betont Nik. „Ich habe den Fall praktisch gelöst.“

Er berichtet ihr von den Recherchen rund um das Frühjahr 1931.

„Der Kaiser ist der Schlüssel, Wilhelm II.“

„Der Kaiser?“, zweifelt sie. „Oh je, das hört sich an, als ob die Schlagwirkung doch noch anhält. Ich fürchte, Sie müssen noch länger in der Klinik bleiben.“

„Keine Sorge, es geht mir wirklich schon wieder besser. Ich gebe zu, es erscheint alles wirklich sonderbar.“

Er erzählt von seiner Vermutung.

„Klingt in der Tat skurril“, meint sie. „Andererseits haben Sie ja die Hinweise in den Fingern gehabt – sofern Ihr Gehirn nach der Weinflaschenattacke wieder klar sein sollte. Ihre These klingt einigermaßen plausibel. Das große Endspiel stand bevor. Aus scheinbarem Übermut und Freude über seinen bevorstehenden Coup hat unser Dr. Rothmund in der Spielbank deshalb ‚die Finalen‘ gesetzt. So scheint er einen furiosen Schlussspurt bis zu seiner Pressekonferenz am nächsten Tag eingeläutet zu haben.

Mit seinen Zahlen hat er am Ende sogar gewonnen. Leider konnte er sich nicht allzu lange darüber freuen."

„Wurde der Ordner mit der angemalten Notiz in den Kellerräumen gefunden? Ich hatte ihn auf den Boden gestellt."

„Leider nein, wahrscheinlich hat ihn der Täter mitgenommen. Aber wir werden sicherheitshalber noch mal danach suchen."

Aus Franziskas Sicht kann es nicht schaden, auch solche abwegigen Spuren zu verfolgen. Abgesehen von wenigen Recherchen würde sie die Arbeit auf diesem Feld aber Nik Herzberg überlassen. Die Aufgabenteilung kommt ihr sehr gelegen und steht vor allem ihrer Karriereplanung nicht im Wege. Denn wenn sie als Polizistin ohne starke Beweise offiziell dem ominösen Kaiserbesuch nachginge, würden sie ihre Vorgesetzten auf der Stelle zerreißen. Erwies sich die These als falsch, machte sie sich zum Gespött der gesamten Polizeidirektion – von der Reaktion der Öffentlichkeit ganz zu schweigen. Die nächste Beförderung könnte sie sich abschminken, sie dürfte die kommenden 20 Jahre mit niederen Tätigkeiten im Innendienst verbringen.

„Haben Sie auch Zugriff auf Daten vom Einwohnermeldeamt?", fragt Nik und erzählt ihr von seiner Idee.

„Sogar direkten Zugriff."

„Das Ganze ist 85 Jahre her. An die geheimnisvollen Ereignisse werden sich wohl nur Personen erinnern, die 90 Jahre oder älter sind. Vielleicht gibt es ja jemanden, dem damals seltsame Dinge aufgefallen sind. Etwa, dass sich eine Person im Schloss aufhielt, von der niemand wissen durfte. Unser letzter deutscher Kaiser, der mit Hilfe einflussreicher Kräfte eine Art Konterrevolution plante."

„Ich werde sehen, was ich tun kann", wägt sie ab.

Bevor sie geht, erzählt Franziska von den Tatwaffen.

„Das passt in die Zeit", gibt Nik sein gerade erworbenes Geschichtswissen zum Besten. „Damals haben die Rechtsnationalen wichtige Politiker erschossen, weil sie dem Reich angeblich den Dolchstoß versetzt haben."

„Ja, und diese Legende lebt seit vorgestern wieder. Gleich zweimal hat der Dolch bei uns in Homburg zugestoßen. Zusätzlich ist den Opfern nämlich Gift injiziert worden, Aconitin."

„Wenn das so ein durchgeknallter Geschichtsfuzzi ist, will er damit vielleicht noch eine Botschaft verbreiten. Der Kaiser war hier und kurz vor der Rückkehr auf den Thron wurde ihm symbolisch der Dolch in den Rücken gestoßen."

„Spinnen Sie ruhig weiter. Ich halte Sie bei Ihren willden Theorien nicht auf. Doch seien Sie künftig bei Ihren Recherchen vorsichtiger", warnt sie. „Ich möchte nicht, dass Sie der Nächste sind, den wir obduzieren müssen. Allzu viel hat ja gestern nicht gefehlt."

Nik erinnert sich, Franziska gestern im Rothmund-Institut gesehen zu haben. Dabei ging es ziemlich lautstark zu.

„Ich habe Sie im Büro von Ronald Rothmund auf der Promenade getroffen“, lässt ihm die Neugier keine Ruhe. „Verraten Sie mir noch, warum Sie sich mit Maja Gruber so gezofft haben?“

„Eine lange Geschichte“, erzählt sie leicht genervt. „Kurz gesagt kennen wir uns schon seit Ewigkeiten und haben bereits im Sandkasten miteinander gespielt. Eigentlich verstanden wir uns auch in der Schulzeit immer ganz gut. Bis dann die Jungs ins Spiel kamen. Eines Tages war sie sauer, weil ich ihr angeblich den Freund ausgespannt habe. Dabei wollte der gar nichts von ihr. Sie hat sich deswegen sogar mit mir auf dem Pausenhof gekloppt und – Pech für sie – bei unserem kleinen Ringkampf den Kürzeren gezogen. ‚Das kriegst du wieder‘, hat sie nach der Schmach gesagt. Einige Zeit später rächte sie sich, indem sie meine Lieblingsjacke in der Garderobe auf der Rückseite mit dem Wort *Schlampe* besprühte. Sie ist es gewesen, obwohl es ihr niemals nachgewiesen wurde. Total peinlich! Einen halben Tag bin ich damit durch die Schule gelaufen, ohne zu wissen, warum alle gelacht haben.“

„Klingt nach ziemlich besten Freundinnen“, erwidert Nik. Der Humor scheint nicht verloren gegangen zu sein. „Jetzt haben Sie ja berufsbedingt eine gute Gelegenheit, die Vergangenheit aufzuarbeiten und ein bisschen Versöhnung zu betreiben. Ich sehe schon die Überschrift bei uns in der Zeitung: Zwei Tote, die zwei Lebende wieder zusammenbrachten.“

„Nee, auf die Schlagzeile kann ich getrost verzichten.“

Tag drei: Freitag

12.

Am frühen Morgen darf Nik das Krankenhaus verlassen. Ein Taxi bringt ihn in seine Wohnung. Als Erstes zieht er die letzten zwei Ausgaben der Hochtaunus-Post aus dem Briefkasten. Am Donnerstag war es für die Berichterstattung über Peter von Löwentals gewaltsames Ableben zu spät; die Zeitung ist zum Mordzeitpunkt schon gedruckt gewesen. Also wird die Geschichte heute ausgeschlachtet. *„ZWEITER MORD AM KURPARK“* steht auf der Freitags-Titelseite groß geschrieben. Dazu gesellen sich Fotos des Tatorts und vom Toten. Die Unterzeile spielt mit den Ängsten der Bürger: *„IST EIN SERIENKILLIER IN BAD HOMBURG UNTERWEGS?“*. Abgesehen von einem weiteren, unten stehenden Artikel und ein paar kleinen Meldungen nimmt der Mord nahezu die gesamte erste Seite ein.

Nachdem Nik geduscht und die Kleidung gewechselt hat, macht er sich auf in die Redaktion. Über Nacht hatte es ein heftiges Gewitter gegeben und die Temperaturen sind um über zehn Grad gesunken. Das lebensfreundlichere Wetter beflügelt ihn zusätzlich und er fühlt sich schon wieder in bester Verfassung – trotz der Beule an seiner rechten Kopfseite, die aber für Außenstehende kaum zu sehen ist. Sein fülliges Haar mit der angedeuteten „Vokuhila“-Frisur verdeckt das kleine Souvenir.

Bevor er sich mit Volldampf zurück ins Journalistenleben stürzt, steht ein kleiner Gang nach Canossa an. Nik sucht das Gespräch mit dem Chefredakteur der Hochtaunus-Post. Dabei möchte er Abbitte für seine nächtliche Informationssuche leisten, damit er wieder an der Mordserie arbeiten darf.

Auf dem Weg ins Büro des Redaktionsleiters geht er im Sekretariat an Nathalie Berger vorbei. Sie lächelt ihn an, ein aufmunternder Sympathiebeweis, den er mit einem Schmunzeln erwidert.

„Komm herein, Nik", hört er die laute Stimme von Jens-Jörg Sibelius.

Herzberg betritt den Raum. Er setzt sich auf einen der beiden Stühle, die vor dem großen Schreibtisch des korpulenten Chefredakteurs stehen.

„Was macht der Brummschädel?", erkundigt sich Sibelius. „Ist ja gar nichts zu sehen."

„Der Kopf brummt zum Glück nicht mehr so stark wie gestern früh."

Nach dem Austausch der Höflichkeiten nimmt das Gespräch einen ernsteren Verlauf. Auf Lob folgt Tadel.

„Nik, du weißt, wie sehr ich deine Arbeit schätze. Übrigens auch deine mitunter recht unkonventionellen Methoden. Doch die Aktion vorgestern Nacht ging eindeutig zu weit", berichtet er davon, dass tags zuvor zwei Polizisten in der Redaktion aufgetaucht waren. Franziska Fröhling und Martin Breitner hatten Jens-Jörg Sibelius von Niks illegaler Recherche erzählt. „Glücklicherweise hat die Kripo gerade andere Sorgen und in der Öffentlichkeit hat keiner Wind davon bekommen. Bei dieser Kommissarin Fröhling scheinst du ja sowieso einen Stein im Brett zu haben. Die sieht dich als Opfer und sie schien ganz schön besorgt um deine Gesundheit zu sein. Ausgestanden ist die Sache dadurch noch lange nicht. Wenn ihr arroganter Kollege, dieser Breitner, mit dir als Einbrecher punkten kann, wird er es tun."

„Der Zweck heiligt manchmal die Mittel."

„Hoffentlich. Hast du was rausbekommen?"

„Nur eine ziemlich vage Spur, nichts, worüber wir schon hieb- und stichfest berichten können."

Nik Herzberg erzählt von seiner Vermutung.

„Na ja, so richtig kann ich noch nicht dran glauben. Aber die verrücktesten Storys sind manchmal die besten. Dann zieh los und befrag die Neunzigjährigen. Kannst denen ja erzählen, du bist auf der Suche nach Geschichten über eine Bad Homburger Kindheit anno 1930. Und dass wir eine Fortsetzungsserie daraus machen möchten. Aber bitte benutze diesmal den Vordereingang und die Klingel. Am besten, du rufst bei deinen Zeitzeugen vorher an."

Zufrieden geht Nik an Nathalie Berger vorbei. Dabei nickt er ihr fröhlich zu und sie erwidert seine Geste mit einem Daumen-rauf-Zeichen. Er ist wieder im Geschäft!

Während er den Computer hochfährt, erkundigen sich die Kollegen nach seinem Zustand. Zeigen sie wirkliches Interesse? Oder wittern sie nur eine Gelegenheit, ihm seine Story wegzuschnappen, falls er aufgrund des Niederschlags schlappmacht? Er versichert ihnen, dass mit ihm alles völlig in Ordnung ist. Sie wirken erleichtert, wahrscheinlich hat er sie falsch eingeschätzt.

Nik ruft Dr. Koch-Wegener an, um sich für den angenehmen Aufenthalt in der Klinik zu bedanken. Dabei fragt er den Mediziner, was es mit dem vom Mörder verwendeten Gift auf sich hat. Er erhält die Antwort, dass Aconitin eines der stärksten Pflanzengifte ist. Falsch eingesetzt wirkt es selbst in kleinsten Dosen schnell tödlich. Im medizinischen Alltag kommt es in verdünnter Form etwa bei der Behandlung von Rheuma oder Erkältungskrankheiten zum Einsatz. Diese Aussage ist gut für seine Story, ein gezielter, eiskalter Mord macht sich besser als ein ungewollter Totschlag.

In der Zwischenzeit hat ihm Franziska Fröhling die Liste aus dem Einwohnermeldeamt mit den über Neunzigjährigen gemailt. Viele der Älteren wohnen in Pflegeheimen, sind jedoch häufig zugezogen und fallen daher als Zeitzeugen aus. Die Zahl der tatsächlich in Bad Homburg geborenen Menschen dieser Altersklasse liegt im oberen zweistelligen Bereich – zumindest laut dieser Aufstellung. Am Nachmittag will er die Liste abtelefonieren.

Zunächst verlässt Nik die Redaktion, um nach Frankfurt in die Uni zu fahren und sich an Ronald Rothmunds einstiger Arbeitsstätte umzuhören. Im Internet hat er vorher den Fachbereich ausgemacht, an dem der ermordete Historiker tätig gewesen war. Über das Vorzimmer konnte er spontan einen Termin mit dem Lehrstuhlinhaber verabreden.

Professor Dr. Hans Kalbach-Rabe sitzt ihm gegenüber. Der grauhaarige, mittelgroße Mann mit dem ebenso grauen Vollbart trägt einen schlecht sitzenden dunkelblauen Anzug von der Stange. Der Endfünfziger geht wohl mehr in seinem wissenschaftlichen Beruf auf, anstatt sich um modische Dinge zu scheren. Seine Erscheinung erinnert Nik daran, dass Ronald Rothmund immer Witze über die staubtrockene Historikerzunft gemacht hatte. In Gedanken versucht er einen der Witze wieder zusammenzubringen.

„Schreckliche Sache, die meinem früheren Kollegen da widerfahren ist", bedauert der Professor. „Ich weiß noch genau, wann er hier am Fachbereich angefangen hat. Muss über 15 Jahre her sein."

„Ich kenne Dr. Rothmund nur aus seinem Institut in Bad Homburg", erzählt Nik Herzberg. „Wie ist er denn hier so an der Uni gewesen?"

„Nun, er war immer sehr freundlich. Im Umgang mit ihm gab es nie Probleme. Das bedeutet nicht, dass er bei den Kollegen wahnsinnig beliebt gewesen ist. Er besaß einen sehr ausgeprägten Ehrgeiz und wusste genau, was er wollte. Dem einen oder anderen Mitarbeiter hier am Lehrstuhl erschien er wohl ein bisschen zu forsch."

„Warum hat er denn die Universität verlassen?"

„Als Journalist haben Sie sicherlich in Ihren Artikeln auch schon über den akademischen Nachwuchs geschrieben." Als Herzberg nickt, fährt er fort. „.Sie wissen dann ja, wie es um die Entwicklungschancen und die Bezahlung an den wissenschaftlichen Einrichtungen bestellt ist. Die Mitarbeiter hangeln sich von einem Zeitvertrag zum nächsten. Viele sind geduldig, aber das gehörte nicht unbedingt zu Dr. Rothmunds Stärken. Da war es folgerichtig von ihm, seinen Karriereweg selbst in die Hand zu nehmen. Zumal er Leute sehr für seine Sache begeistern konnte."

„Ist der Kontakt nach seinem Ausscheiden aus der Uni erhalten geblieben?"

„Wir haben uns hin und wieder bei Vorträgen oder Seminaren getroffen und uns ausgetauscht. Von einem intensiven oder gar freundschaftlichen Verhältnis würde ich nicht sprechen. Dafür sind unsere Charaktere zu unterschiedlich gewesen."

„Kannten Sie auch den zweiten Toten, Peter von Löwental?"

„Schlimm, wie weit die kriminellen Kreise in der Sache gezogen sind. Ich kannte ihn sehr flüchtig, seine Kommentare im Historischen Magazin habe ich berufsbedingt gelesen."

„Ich würde Sie gerne etwas fragen", schneidet Nik Herzberg den anderen Zweck seines Besuchs an. „Ich brauche Ihre Expertise. Sozusagen als Experte in historischen Dingen."

„Nur zu", ermutigt ihn Professor Kalbach-Rabe. „Ich versuche Ihnen zu helfen, wo ich kann."

„Vermutlich ist es für Sie gar nichts Neues. Der letzte deutsche Kaiser soll geplant haben, auf den Thron zurückzukehren. Wahrscheinlich im Jahr 1931."

„Ich weiß nicht, wo Sie diese verrückte These herhaben. Vermutlich aus dem Nachlass von Herrn Dr. Rothmund, der ab und zu solche Dinge verbreitet hat. Ich halte das für völligen Quatsch."

„Und wie ist die Meinung der Mehrheit Ihrer Historikerkollegen?"

„Der Kaiser hat sicher auf eine Rückkehr gehofft", erklärt der Professor. „Pläne gab es wohl auch. Aber nachdem er sich 1918 aus dem Staub gemacht hat, erscheint mir die Sache undenkbar. Sowohl er als auch seine Söhne schienen für die Restauration der Monarchie ungeeignet. Da sind sich die meisten Historiker einig. Ich habe übrigens erst vor zwei Monaten einen Fachartikel veröffentlicht, der sich mit dem Exil von Wilhelm II. in Holland beschäftigt. Dieser Beitrag ist auf sehr große Resonanz anderer Professoren gestoßen. Glauben Sie mir, am Comeback des Kaisers war nichts dran. Das mache ich in dem Artikel ziemlich deutlich."

„Und Ronald Rothmund? Es heißt, er ist in dieser Sache einer großen Sensation auf der Spur gewesen. Er wollte das vorgestern verkünden und damit die Geschichte des 20. Jahrhunderts in Teilen neu schreiben. Womöglich plante der Kaiser einen Umsturz und hielt sich dafür schon in Deutschland auf. Könnte es nicht sein, dass er sich in Bad Homburg versteckt hat?"

„Alles Humbug. Sicher, Göring hat den Kaiser im Januar 1931 besucht. Aber dem dicken eitlen Fatzke ging es vermutlich eher darum, sich selbst durch den Besuch aufzuwerten. ‚Der Spiegel' schreibt, er wäre mehr an einem Hohenzollernorden als an einem neuerlichen Hohenzollernregime interessiert gewesen. Anfang der Dreißigerjahre hatten die Nazis und die Deutschnationalen kein Interesse mehr an der Monarchie. Je näher sie der Macht kamen, desto mehr hätte der Kaiser da nur gestört. Irgendwann hat Hindenburg dann Hitler zum Kanzler gemacht und damit die Welt ins Unglück gestürzt. Der Kaiser hat da anfänglich immer noch auf eine Rückkehr gehofft, aber das war nie wirklich eine Option. Dass die Nazis ihn später nicht wieder eingesetzt haben, zeigt ja auch, wie wenig er ihnen bedeutet hat. Ich weiß, Kollege Rothmund hat hier eine andere Meinung vertreten. Stichhaltige Beweise konnte er jedoch nie liefern."

„Also halten Sie es für unwahrscheinlich, dass Willhelm II. jemals sein Exil in Holland verlassen hat und nach Deutschland zurückgekehrt ist? Immerhin scheint ja auch der zweite Ermordete, Peter von Löwental, nach etwas gesucht zu haben, was eventuell damit zusammenhängt."

„Total abwegig", antwortet der Professor, der jetzt in seinem Element zu sein scheint. „Der letzte deutsche Kaiser hat sein Exil nie verlassen. Und spätestens als Hindenburg 1934 gestorben ist, war doch alles entschieden. Da hat die Witzfigur mit dem Schnurrbart alle Ämter auf sich vereinigt und am Ende Zigmillionen Menschen umgebracht."

Kalbach-Rabe verabschiedet sich von Nik Herzberg, da er in wenigen Minuten eine Vorlesung halten muss. Er bietet ihm an, sich jederzeit bei weiteren Fragen an ihn wenden zu können. Zum Abschied gibt er noch einen väterlichen Hinweis.

„Rennen Sie nicht irgendwelchen verrückten Thesen hinterher."

Nik verlässt das Institut, steckt sich auf dem Weg noch einen Flyer aus einem Glasregal ein. Darin sind die Mitarbeiter vom „Lehrstuhl für deutsche Geschichte im 20. Jahrhundert" mit Telefonnummern und E-Mail-Adressen aufgelistet. Er will sich gegebenenfalls zu einem späteren Zeitpunkt noch weitere Meinungen der früheren Kollegen des Ermordeten anhören.

Ihm fällt der Witz wieder ein, den Ronald Rothmund immer wieder von sich gegeben hatte: Treffen sich zwei Historiker. Fragt der eine den anderen: ‚Hast du ein neues Fahrrad?' Der andere bejaht und erzählt, er sei am Vorabend in der Fußgängerzone einer Frau mit Rad begegnet. Sie fuhr auf ihn zu, stellte das Fahrrad neben ihm ab, riss sich vor seinen Augen die Kleider vom Leib. ‚Nimm dir, was du brauchst!', schrie sie. Da hat der Historiker das Fahrrad genommen. ‚Das hast du richtig gemacht', sagt der andere Historiker. ‚Die Kleider hätten dir sowieso nicht gepasst.'

Nik schmunzelt. Irgendwie traf dieses langweilige Klischee auf Dr. Kalbach-Rabe zu. Charakterlich hat der Professor auf ihn einen durchaus sympathischen Eindruck gemacht. Jedoch ist er bei den Fragen nach der historischen Wahrheit ein bisschen zu bestimmt gewesen – so wie jemand, der sich in die Ecke gedrängt fühlt und die Flucht nach vorn antritt. Und: „Rennen Sie nicht irgendwelchen verrückten Thesen hinterher." War der letzte Satz ein Rat oder eine versteckte Drohung? Und kann der Professor ein Interesse an einer gegenläufigen wissenschaftlichen Meinung haben? Schließlich hat er doch gerade einen beachteten Fachartikel zu dem Thema veröffentlicht? Wenn Ronald Rothmunds Theorie stimmt, würde Kalbach-Rabe wie ein wissenschaftlicher Trottel dastehen. Aber daraus ein Mordmotiv abzuleiten, erscheint zu gewagt. Zum zweiten Toten hat er nicht viel gesagt. Deshalb will Nik die Aussage des Professors über Peter von Löwental überprüfen. Haben sich beide wirklich nur sehr flüchtig gekannt? Er beschließt, in die Unibibliothek zu gehen und sich einige Ausgaben des Historischen Magazins vorzunehmen. Und auch der aktuelle Artikel des Professors hat seine Neugierde geweckt.

13.

Dieses Mal schickt Franziska Fröhling ihren Kollegen Martin Breitner zu Maja Gruber ins Rothmundsche Institut. Obwohl die gegenseitige Kriegserklärung schon über ein Jahrzehnt zurückliegt, wäre sie zu befangen, um ihre frühere Mitschülerin emotionslos zu befragen. Das hätte ihr auch jeder Vorgesetzte so gesagt. Jedoch nutzt Franziska das Gespräch ihres Kollegen, um sich in dieser Zeit in Ruhe im Souterrain-Archiv umzuschauen.

Wenn es sein muss, kann Kommissar Breitner gleich in beide Rollen schlüpfen. Er spielt sowohl den guten als auch den bösen Cop – wobei ihm letzterer Typus deutlich besser gefällt. Es entspricht einfach mehr seinem Naturell.

„Orientieren wir uns doch mal am Zeitablauf", beginnt er den Dialog auf sachliche Art. So spricht der gute Polizist. „Wann haben Sie vom Tod des Dr. Ronald Rothmund erfahren?"

„Als er am Morgen gegen acht Uhr dreißig nicht wie verabredet hier im Institut auftauchte, kam mir das seltsam vor. Wirklich unpünktlich ist er nämlich nie gewesen. Und schließlich war für den Vormittag eine wichtige Veranstaltung angesetzt, auf die wir lange hingearbeitet hatten. Immerhin gab es Zusagen von fast 30 Journalisten. Dafür mussten wir noch die Pressemappen mit den Inhalten bestücken. Ich habe dann versucht, ihn auf dem Smartphone zu erreichen. Vergeblich, da lief nur die Mailbox."

„Und dann?“, will Breitner wissen.

„Dann tauchte schon einer Ihrer Kollegen in Uniform auf“, erinnert sie sich mit brüchiger Stimme. „Der überbrachte mir die Nachricht, gegen zwanzig vor neun. Er hat mir den Ausweis von Herrn Rothmund in einer Plastiktüte gezeigt und ein Foto vom Teich.“

„Okay. Das muss ein Schock für Sie gewesen sein“, macht Martin Breitner den Frauenversteher. „Vom Ableben des eigenen Chefs zu erfahren und dann seine Leiche auf dem Foto zu sehen. Danach waren Sie wahrscheinlich erst mal ziemlich paralysiert. Würde mir ganz genauso gehen.“

„Ich brauchte erst einmal eine Viertelstunde, um mich zu sammeln und wieder klare Gedanken fassen zu können“, bestätigt sie. „Anschließend rief ich im Hotel an, wo die Pressekonferenz stattfinden sollte. Ich bat Herrn Grünwald, sich um die Journalisten zu kümmern und ihnen die Situation zu erklären. Ich wäre dazu gar nicht in der Lage gewesen.“

„Gut. Kommen wir mal zum Abend vorher. Wann haben Sie Dr. Rothmund zum letzten Mal gesehen?“

„So gegen 20 Uhr. Da habe ich mich von ihm verabschiedet. Wir sehen uns morgen gegen halb neun, hat er geantwortet. Dann bin ich nach Hause gefahren. Ich wohne in Friedrichsdorf.“

„Kurz überschlagen sind Sie dort 15 Minuten später eingetroffen. Mit wem haben Sie den restlichen Abend verbracht?“

„Bin ich jetzt verdächtig und ist das hier ein Verhör?“ Maja Grubers Stimme klingt plötzlich ein wenig gereizter.

„Reine Routine, ich muss das fragen“, beruhigt Breitner. „Da sind Sie nicht die Einzige.“

„Ich war allein. Mein Freund arbeitet in Köln. Deshalb sehen wir uns meist nur an den Wochenenden. Ich habe mit ihm eine Stunde mit dem Handy telefoniert. So von zehn bis elf. Wir sind beim selben Anbieter. Da kosten uns die Gespräche nichts. Das können Sie sicher alles bei dem Provider nachprüfen.“

„Gibt es sonstige Zeugen, die bestätigen können, dass Sie in Ihrer Wohnung gewesen sind?“

„Die Leute in den Häusern gegenüber. Einige haben bestimmt das Licht in meiner Wohnung gesehen. Und die Tiefgarage wird mit einer Kamera überwacht, weil vergangenes Jahr einige Autos aufgebrochen worden sind. Anhand der Aufzeichnung können Sie sehen, dass ich nicht mehr hinausgefahren bin.“

„Ich werde mir das Video anschauen“, sagt Breitner. „Wenn denn die Aufzeichnungen inzwischen nicht schon gelöscht wurden. Theoretisch hätten Sie allerdings auch das Fahrrad oder die S-Bahn nehmen können.“

Während er redet, schickt er eine entsprechende SMS an die Kollegen, damit die das Video aus der Tiefgarage sichern. Auch viele regionale Züge werden überwacht, fällt ihm ein. Bei Bedarf wird der Polizei das Bildmaterial zur Aufklärung von Straftaten zur Verfügung gestellt. Also bittet er außerdem mit einer weiteren SMS um die Anforderung der S-Bahn-Aufzeichnungen, die 48 Stunden gespeichert bleiben. Immerhin ist es denkbar, dass der Täter oder die Täterin ein öffentliches Verkehrsmittel benutzt hat. Wer weiß, überlegt er sich, möglicherweise taucht zur fragwürdigen Zeit jemand Bekanntes in dem Mitschnitt auf. Während er darüber grübelt, fällt ihm auf, wie viel mittlerweile aufgezeichnet wird. Spielbank, Tiefgarage, S-Bahn – allein beim aktuellen Doppelmord haben sie es schon mit mehreren Aufzeichnungsquellen zu tun. Die Welt wird dadurch wohl nur begrenzt sicherer, fürchtet der Kommissar. Doch bei den Ermittlungen hilft es vielleicht, hofft er.

„Darf ich ein Foto von Ihnen machen?“, fragt Martin Breitner. „Ist für meine Kollegen, damit die das Video abgleichen können.“

Sie nickt, schaut ihn an und lacht gequält. Er blickt durch die Kamera seines Smartphones und drückt zweimal ab. Anschließend begutachtet er das Bild. Dem Ausdruck nach scheint er zufrieden mit seinen fotografischen Künsten zu sein und er leitet das Meisterwerk ebenfalls weiter.

„Kommen wir mal zu vorgestern, Mittwochnacht. Wo waren Sie da?“

„Auch da habe ich mich daheim aufgehalten. Allein!“, betont Maja Gruber. „Ich bin sogar schon um halb sechs da gewesen. Im Institut gab es für mich nicht mehr viel zu tun und in meiner Verfassung hätte ich sowieso nichts Gescheites arbeiten können.“

„Kannten Sie das zweite Opfer, Peter von Löwental?“

„Der Herr von Löwental hat ab und zu hier angerufen und uns drei- oder viermal im Jahr besucht. Dem ging es eigentlich nur ums Geschäft. Wir haben öfter eine Anzeige in seinem Magazin geschaltet und Herr Dr. Rothmund hat dort manchmal einen Gastartikel geschrieben.“

„Mehr haben die beiden nicht miteinander zu tun gehabt?“

„Was die zwei sonst gemeinsam gemacht haben, weiß ich nicht.“

„Beschäftigen wir uns mal mit anderen Dingen“, sagt Martin Breitner. „Hatte Herr Dr. Rothmund viele Feinde?“

„Nicht, dass ich wüsste. Ich arbeite mittlerweile seit drei Jahren hier und mir ist nichts dergleichen zu Ohren gekommen. In der Stadt ist er immer sehr beliebt gewesen. Neider gibt es natürlich überall. Auch mancher Historikerkollege hatte bestimmt ab und zu eine andere Meinung. Das haben sie untereinander ausgetragen.“

„Wie hat sich denn eine solche Kontroverse abgespielt? Beleidigungen? Satisfaktion? Ein Duell mit Schwertern? Oder wie muss ich mir das unter Geschichtsfuzzis vorstellen?“

„Überhaupt nicht“, verneint Maja Gruber. „Die haben sich nicht beschimpft oder so. Das läuft eher anonymer ab. Die Kollegen tauschen sich aus und sprechen dann über eine These. Manchmal diskutieren sie in Internet-Foren. Klar, da geht es nicht zu wie auf einem Ponyhof. Es wird schon mal die Kompetenz des anderen Historikers hinterfragt, was dem Betroffenen natürlich nicht gefällt."

„Okay. Geben Sie mir bitte eine Liste mit Namen, mit denen Herr Rothmund dort diskutiert hat. Und stellen Sie mir bitte die Adressen und Zugangsdaten für die Onlineforen zusammen, von denen Sie gesprochen haben."

„Ihre Kollegen haben die Computer mitgenommen", äußert sie mit leichtem Protest.

„Dann machen Sie es einfach aus dem Kopf. Schreiben Sie auf, wer oder was Ihnen spontan einfällt. Eventuell gab es kontroverse Forumsdiskussionen, an die Sie sich erinnern ..."

Zehn Minuten später verlässt der Kommissar mit einer handgeschriebenen Liste das Institut und steigt in seinen Passat. Er fährt zurück in die Saalburgstraße, um das Protokoll der Zeugenvernehmung zu schreiben. Auf den ersten Blick wirkte Maja Gruber unverdächtig. Ihr Alibi hat zwar große Lücken, aber andererseits gibt es in Deutschland bestimmt mehrere Millionen Menschen, die eine Wochenendbeziehung führen. Das macht sie nicht verdächtiger als andere Personen, die mit Rothmund zu tun hatten. Was kann sie dafür, dass sie von Sonntagabend bis Freitagfrüh allein in ihrer Wohnung lebte ...? Es ist nur ein inneres Gefühl, was ihm sagt, dass Maja nicht alles erzählt hat. Und auch die Antwort mit der Tiefgarage kommt ihm zu glatt vor, so als hätte sie sich das vorher zurechtgelegt.

Sein Gefühl trügt ihn nicht. Kaum kommt er in seinem Polizeibüro in der Saalburgstraße an, überbringt ihm ein Kollege bereits die Auswertung der S-Bahn-Videos. Am Abend, als Peter von Löwental ermordet wurde, hat eine junge Frau die letzte Bahn benutzt – zwischen 0:47 und 0:54 Uhr auf der Strecke von Bad Homburg nach Friedrichsdorf. Das passt genau in das Zeitfenster für den Mord, der nach vorläufiger Auswertung der Obduktionsergebnisse zwischen zwölf und halb eins geschehen war. Vom Rothmund-Archiv auf der Kaiser-Friedrich-Promenade bis zum Bahnhof braucht ein zügiger Fußgänger gut zehn Minuten. Der Mörder oder die Mörderin hätte genug Zeit gehabt, um die S-Bahn zu erreichen.

Martin Breitner schaut sich die Aufzeichnungen mehrfach an. Besagte Frau kommt ihm dabei äußerst bekannt vor. Kein Wunder, sie hat eine unverwechselbare Ähnlichkeit mit der gerade verhörten Zeugin: Maja Gruber.

„Okay, Früchtchen", hält er ein kurzes Selbstgespräch. „Ich habe es im Guten versucht. Jetzt kommt der Bad Cop zu dir."

Ein naheliegendes Motiv gibt es noch nicht. Doch falls Maja Gruber tatsächlich eine Mörderin sein sollte, ist Gefahr in Verzug. Zwei Opfer hat es schon erwischt, beide aus der Historikerszene. Wer weiß schon, ob die beiden geschehenen Taten die letzten sein würden. Gemeinsam mit zwei uniformierten Kollegen macht sich Martin Breitner auf. Sie gehen hastig zum Auto, steigen ein und fahren mit hoher Geschwindigkeit zurück in die Promenade.

Sie wollen Maja Gruber festsetzen, bevor sie weiteres Unheil anrichten kann.

14.

„Kann ich dir helfen?"

Nik hört eine angenehme weibliche Stimme, während er versunken über dem Historischen Magazin an einem Lesetisch in der Unibücherei sitzt.

„Hey, ich spreche mit dir", legt sie nach.

Der Journalist schreckt auf. Er hat die Stimme zwar unterbewusst wahrgenommen, doch die Lektüre nahm seine ganze Aufmerksamkeit in Anspruch. Überrascht schaut er hoch.

„Ich habe dich hier noch nie gesehen", sagt das lächelnde junge Mädchen mit den dunklen, langen Haaren. „Eine Zeit lang hatte ich dir unbeabsichtigt zugesehen. Schon vor dem Bücherregal wirktest du, als wärst du auf der Suche. Aber ohne so richtig zu wissen, nach was du eigentlich suchst."

Er sieht sie an. Sie muss eine Studentin sein; Nik schätzt sie auf Anfang bis Mitte zwanzig – mittelgroß, nicht gertenschlank, aber auch nicht dick. Auf den ersten Blick wirkt sie ziemlich modebewusst, jedoch weit abseits des Mainstreams. Sie trägt einen Rock mit schwarzer Strumpfhose, Alternativ-Look, keine Schlabberkleidung.

Was die Kleidung angeht, bietet sie das volle Kontrastprogramm zu Professor Kalbach-Rabe: aufregend und kreativ statt spießig und langweilig. Ihr Äußeres und Auftreten machen sie zu einer spannenden Persönlichkeit, gar nicht mal ihr ansehnliches Gesicht. Auch besitzt sie irgendwie eine geheimnisvolle Aura, die sie noch interessanter macht. Das Gesamtpaket stimmt, denkt sich Herzberg ein wenig machohaft. Im Grunde ist er Feuer und Flamme.

„Hallo“, antwortet er. „Ich bin der Nik.“

„Also, Nik, dann lass mich mal raten. Hm, Student bis du nicht. Aber ich weiß es. Du suchst hier nach Material für eine Familienchronik. Oder dein Chef hat dich hierhergeschickt, damit du ein paar geschichtliche Ereignisse aus dem Gründungsjahr seiner Firma herausfindest. Liege ich richtig?“

„Ja, so ähnlich. Ich bin auf einer Reise durch die deutsche Geschichte und hatte gerade ein Gespräch mit Professor Kalbach-Rabe.“

Kaum hat er den Namen ausgesprochen, setzt sie sich zu ihm an den Tisch. Ist das Neugier oder hat sie ein privates Interesse an ihm?

„Oh, dann hast du eine VIP-Behandlung bekommen. Ich heiße übrigens Xenia.“

„Und was machst du hier, Xenia? Bereitest du dich auf die Wiederholung einer Examensklausur vor, durch die du beim ersten Mal durchgefallen bist?“

Sie ignoriert den wenig geistreichen Scherz mit der Wiederholungsklausur. War wohl nicht so gut, denkt sich Nik.

„Ich habe vor einem halben Jahr meinen Bachelor in Geschichte gemacht", entgegnet sie. „Weiter zu studieren habe ich erst mal keine Lust. Jetzt suche ich einen Arbeitsplatz, was in den Geisteswissenschaften nicht so einfach ist. Mit dem Taxifahren habe ich es nicht so. Bis ich richtig arbeiten kann, überbrücke ich die Wartezeit lieber mit einem Aushilfsjob an der Uni-Bibliothek. Mäßig bezahlt, aber nicht allzu stressig: Fragen beantworten, Registratur, Ausleihe, das Übliche. Deshalb kenne ich so ziemlich alle Leute, die hier regelmäßig auftauchen."

„Na, dann will auch ich keine Geheimnisse haben", erwidert Nik. „Ich bin Redakteur bei der Hochtaunus-Post. Und ich recherchiere wegen zweier Morde im Geschichtsmilieu, die Mitte der Woche in Bad Homburg passiert sind."

„Wow, die ganz große Story und unser Nik mittendrin. Ich habe davon gehört, das hat sich wie ein Lauffeuer hier im Fachbereich Geschichte verbreitet. Kein Wunder, bei gleich zwei ermordeten Historikern so kurz hintereinander. Da denkt mancher Institutskollege darüber nach, ob er der Nächste ist. Denn beide waren hier früher an der Uni. Einer hat als Dozent gearbeitet und der andere seinen Magister gemacht."

„Wirklich, auch Peter von Löwental ist hier an Institut gewesen?

„Ja, ganz sicher", bestätigt Xenia. „Sein Abschluss muss schon über zwanzig Jahre her sein."

„Seltsam, das hat Professor Kalbach-Rabe gar nicht erwähnt."

„Ich glaube, die hatten hier an der Uni nie viel miteinander zu tun. Und ein Professor kann sich nicht jeden Studenten merken, mit dem er im Lauf der Jahre zu tun hat."

„Wer hat Herrn von Löwental bei seiner Magisterarbeit betreut?"

„Weiß ich nicht aus dem Stegreif. Ich kann ja mal kurz nachschauen. Hab eh gerade für eine Stunde frei. Es sind alle Arbeiten registriert, die an unserer Uni erstellt worden sind."

Sie steht auf, geht an einen der PCs und gibt einige Buchstaben ein. Sekunden später notiert sie sich ein paar Zahlen und Buchstaben. Dann wechselt sie die Maske, tippt erneut auf die Tasten und schreibt sich wieder die Ergebnisse ab. Die Suche scheint erfolgreich gewesen zu sein. Selbstbewusst mit einer Art Siegerlächeln stolziert sie an den Tisch zurück, an dem Nik gespannt auf sie wartet.

„Niemand, der noch an der Universität arbeitet", berichtet sie. „Die Betreuerin von damals hieß Louise Berghoff. Wahrscheinlich hat sie ihn später sogar geheiratet. Zumindest wurde er von einer Louise von Löwental bei einem Ehemaligentreffen vor einigen Monaten begleitet. An das Namensschild kann ich mich gut erinnern. Piekfein ist die gewesen."

„Und das Historische Magazin, das Peter von Löwental herausgegeben hat? Ist das hier Pflichtlektüre im Studium?"

„Eher nicht. Liegt wohl daran, dass von unserer Uni selten jemand darin publiziert. Das Magazin ist ziemlich unwissenschaftlich, enthält Geschichte als Pop-Kultur sozusagen. Da rümpfen Koryphäen wie Professor Kalbach-Rabe die Nase. Die würden das nie auf eine Literatur-Empfehlungsliste setzen. Für sie sind die Inhalte und die Aufbereitung gleichbedeutend mit dem Untergang des Abendlandes."

„Für manche hat der Untergang des Abendlandes mit dem Ende des Kaiserreiches begonnen", gibt Nik sein gestern erlerntes Wissen wieder. „Hat das Historische Magazin auch darüber und über die Zeit danach berichtet?"

„Ja, häufiger", erzählt Xenia. „Eine Veröffentlichung wird dich besonders interessieren, eine Serie, die in den letzten Ausgaben als Fortsetzung lief. Es ging um die vermeintliche Rückkehr des Kaisers auf den deutschen Thron. Ist eine richtig fesselnde Story gewesen. Die Auflösung der ganzen Sache sollte in der nächsten Ausgabe kommen. Rate mal, wer der Autor ist?"

Er blättert in einem aktuellen Magazin. Ohnehin hätte er die Lösung geahnt.

„Ein Beitrag von Dr. Ronald Rothmund", liest er vor. „Na, dann wird das große Finale der Serie ausfallen. Den Herausgeber und den Autor hat leider das Zeitliche gesegnet."

„Tja, so kann's gehen", seufzt sie. „Aber gewinnen wir den bösen Dingen ein kleines bisschen Positives ab. Wenn die Morde nicht passiert wären, hätten wir uns nie kennengelernt."

Niks Herz schlägt plötzlich schneller. War das die Aufforderung zu einer Verabredung?

„Ist auch wieder wahr", stimmt er ihr zu und bleibt beim Thema. „Hast du einen Verdacht, wer die beiden um die Ecke gebracht haben könnte?"

„Nee, ich bin nur ein ganz kleines Licht hier", kokettiert sie. „Da sind dunkle Mächte am Wirken, von denen ich nichts weiß. Noch Fragen?"

„Ja, eine."

Er nimmt allen Mut zusammen.

„Sehen wir uns wieder?", fühlt er vor. „Außerhalb der Bibliothek, meine ich."

„Aus journalistischen oder persönlichen Erwägungen?"

„Ich kann das nicht völlig trennen."

„Na gut, wenn du mir versprichst, mich nicht die ganze Zeit über Kaiser, Könige oder Mordfälle auszuhorchen ..."

„Versprochen!", beeilt er sich.

„Dann lass uns Nägel mit Köpfen machen und gleich heute Abend gemeinsam etwas Schönes auf die Beine stellen", schlägt ihm Xenia vor. „Ich wüsste auch schon, wo!"

Sie flüstert ihm Treffpunkt und Uhrzeit ins Ohr.

„Na klar, ich bin da“, bestätigt Nik, ohne zu zögern. Er hat bei Xenia ein erstes Zwischenziel erreicht. „Darf ich dich noch um einen kleinen Gefallen bitten?“

„Nun, ich höre …“

„Könntest du den neuen Fachartikel von Professor Kalbach-Rabe über den letzten deutschen Kaiser für mich besorgen?“

„Nichts ist leichter als das. Ich hab ihn nämlich bei mir zu Hause liegen und bringe nachher gleich eine Kopie mit. Unter einer Bedingung“, betont sie. „Der Aufsatz darf uns nicht unseren schönen Abend vermiesen. Du darfst ihn heute nur anschauen, nicht anfassen. Gelesen wird später!“

15.

Nik ist zurück aus Frankfurt und hat mit Nathalie Berger die Zeitzeugensuche am Telefon begonnen. Das erweist sich als mühsame Sache und nimmt fast den ganzen Nachmittag in Anspruch. Viele der über Neunzigjährigen können sich nicht an auffällige Ereignisse von damals erinnern. Kein Wunder, die Sache liegt 85 Jahre zurück. So sieht es zunächst so aus, als ob der Rechercheversuch voll ins Leere laufen würde. Als beide fast schon die Flinte ins Korn werfen, gibt ihnen einer der Angerufenen einen Tipp. Er habe einen Bekannten, der aus familiären Gründen viel über frühere Begebenheiten im Schloss erzählen könnte. Glücklicherweise ist der „Informant" telefonisch gleich beim ersten Versuch erreichbar und zu einem spontanen Treffen bereit.

Eine gute Stunde später, am frühen Abend, sitzt Nik mit Heinrich Oppermann auf einer Bank im Schlosshof. Beide haben den Weißen Turm im Blick. Als wirklicher Zeitzeuge fällt Oppermann aus, da er erst 80 Jahre alt ist. Allerdings kann er viel über die damalige Zeit berichten. Sein Großvater hatte in den frühen Dreißigerjahren als Gärtner im Schlossgarten gearbeitet. Schon zu Kaisers Zeiten kümmerte er sich mit ein paar Kollegen um die Pflege der prächtigen Anlage.

„Das muss eine ziemlich beeindruckende Epoche gewesen sein", beschreibt er mit leuchtenden Augen. „Mein Großvater hat mir oft von den Festen im Schloss erzählt. Er sprach sein ganzes späteres Leben von dem Glanz einer besseren Zeit."

„Kannte er den Kaiser persönlich?", will Nik von Oppermann wissen.

„Persönlich wäre wohl übertrieben. Aber gesehen hat er ihn im Sommer ziemlich oft. Wilhelm II. legte großen Wert auf die Gestaltung des Gartens."

„Hat er Ihnen davon erzählt?"

„Ja, das hat er. Für ihn als Bediensteten bedeutete es natürlich etwas ganz Besonderes, in der Nähe seines obersten Herrn zu sein. Der Kaiser ging ihm über alles."

„Und was geschah nach seiner Abdankung?"

„Mein Großvater ist ihm seit Spätsommer 1918 nicht mehr begegnet. Ende August ist er, glaube ich, zum letzten Mal im Fürstenbahnhof in seinen Zug gestiegen und nach Berlin gefahren. Danach hat er Bad Homburg niemals wiedergesehen. Als im November die Revolution ausgerufen wurde, setzte sich der Kaiser von Belgien in die Niederlande ab. Dort wurde ihm nach einigem Zögern politisches Asyl gewährt. Kurz darauf hat er ein kleines Wasserschloss bei Utrecht erworben. Huis Doorn wurde es genannt. Da hat er sich bis an sein Lebensende aufgehalten. So steht es in den Geschichtsbüchern."

„Ist er nicht vielleicht doch noch einmal in sein geliebtes Homburg zurückgekommen?", lenkt Nik das Gespräch auf die entscheidende Frage. „Gab es Begebenheiten, die nicht im Geschichtsbuch stehen?"

„Offiziell nicht. Er war ja im Exil und hat Deutschland nicht mehr betreten."

„Und inoffiziell?"

„Wissen Sie, Herr Herzberg, ich freue mich über Ihr Interesse", sinniert Oppermann. „Sie machen da eine große Geschichte draus und die Leser werden Sie dafür feiern. Aber ich bin hinterher der Depp der ganzen Stadt. Ich möchte nicht in Ihrem Artikel als ein weltfremder Spinner dastehen, der nicht mehr ganz richtig im Kopf ist. Wenn ich Ihnen einige bislang unbekannte Dinge erzähle, müssen Sie mir versprechen, mich und meine Familie da rauszulassen."

„Sie haben mein Wort. Ich werde Ihren Namen nicht erwähnen", versichert Nik. „Und auch nicht den Ihres Großvaters."

„Gut, ich vertraue Ihnen." Heinrich Oppermann gibt sich mit der Zusage zufrieden. „Sie sehen nicht so aus, als ob Sie mich reinlegen wollen. Das habe ich gleich gemerkt, als wir uns vorhin unter der Libanonzeder getroffen haben."

Er legt eine kleine Pause ein und Nik blickt ihn erwartungsvoll an. Dann beginnt der ältere Herr zu erzählen:

„Es muss während der Zeit der Weltwirtschaftskrise gewesen sein. Die Republik taumelte ihrem Ende entgegen. Mit einem Mal fanden Bauarbeiten im Schloss statt, von einem Tag auf den anderen. Sie haben Materialien und Bauarbeiter in den Gebäudeteil da drüben gebracht."

Er zeigt nach rechts auf die Säulen am Eingang zum Weißen Saal.

„Ja, genau, dorthin, wo der große Raum ist, der jetzt für Hochzeiten vermietet wird. Ich glaube, das alles nennt sich Bibliotheksflügel. Vor 15 Jahren ging es da raus zum schönen Biergarten, den es leider nicht mehr gibt …"

Nik hebt die Hand und signalisiert Zustimmung. Er hat kurz nach dem Abitur und während des Studiums das eine oder andere Hefeweizen im Schlosshof getrunken. An schönen Tagen ging es mit seinen Kumpels richtig hoch her. Dass er am Morgen des Öfteren mit Kopfschmerzen aufgewacht war, zeigte, dass er am Abend zuvor viel Spaß gehabt hatte.

„Ich will Sie nicht mit meinen Kommentaren über den Biergarten langweilen", spricht Heinrich Oppermann weiter. „Also kommen wir zurück in den Winter 1930/31 zu meinem Großvater, der das Treiben am Rande mitbekam. Er fand es schon deshalb ziemlich seltsam, weil es damals nun wirklich wichtigere Dinge gab, als das Schloss umzubauen. Schließlich hatte die Bevölkerung kaum etwas zu essen. Erst dachte er, dass genau deshalb eine ziemlich große Geheimniskrämerei um die Sache veranstaltet wurde – damit nicht der Eindruck entstand, dass Geld für Prunk im Schloss da war, während die einfachen Menschen darben mussten. Und noch eine Sache machte das Ganze verdächtig. Damals wurden keine einheimischen Bauleute geholt, obwohl auch die dringend Jobs gebraucht hätten. Es waren fremde Arbeitskräfte am Werk, vermutlich weil sie in Bad Homburg niemanden kannten und folglich auch nichts ausposaunen konnten. Ohnehin sind sie nicht in der Stadt einquartiert gewesen, sondern in einem Trakt des Schlosses. Dadurch hatten sie keinerlei Kontakt zur Bevölkerung. Und die Baustelle wurde streng abgeschirmt. So bekam niemand mit, was drinnen gemacht wurde. Offiziell waren es dringende Sanierungsarbeiten. Das erinnert einen fast an die heutige Zeit, wo der Königsflügel wieder auf Vordermann gebracht wird. Wie auch immer, die Schlossbediensteten bekamen schnell heraus, dass es nicht um irgendwelche Reparaturarbeiten ging. Als dann noch Möbel hineingetragen worden sind, ahnten sie, was wirklich geschah. Es wurde eine Art Wohnung gebaut. Prompt machten wilde Gerüchte die Runde. Dort sollte eine wichtige Person heimlich untergebracht werden, von der keiner erfahren durfte, glaubten einige. So ist es dann wohl auch gekommen. Jedenfalls war im Frühjahr 1931 abends regelmäßig Licht im Flügel zu sehen, wie mein Großvater berichtete. Auch hat er gesehen, wie Lebensmittel angeliefert wurden und hohe Herren ein- und ausgingen."

„Und dann?", unterbricht ihn Nik. „Was geschah danach?"

„Irgendwann nach etwa zehn Tagen war es dann damit vorbei und alles ging wieder seinen gewohnten Gang – so als ob nie etwas gewesen wäre. Aber es muss eine ganz wichtige Persönlichkeit gewesen sein, die sich dort aufgehalten hat."

Nachdem er seine Geschichte erzählt hat, ist es für einen Moment still im Schlosshof. Nik ergreift als Erster wieder das Wort. Er stellt die Frage, die ihn seit gestern nicht mehr zur Ruhe kommen lässt.

„Könnte es der letzte deutsche Kaiser gewesen sein?"

„Das haben viele der Bediensteten vermutet. Um wen sonst würde in Bad Homburg so viel Aufhebens gemacht ...? Die kaiserlichen Apartments hätte er bestimmt nicht bewohnt. Das wäre viel zu auffällig gewesen. Also haben sie ihn in einem anderen Flügel einquartiert, wo er sich ebenfalls heimisch fühlte. Schon früher hat er an warmen Tagen gerne auf der überdachten Säulenterrasse seinen Tee eingenommen. Und es gibt noch ein Anzeichen, dass es der Kaiser gewesen sein könnte. Auch an seinem Exilsitz in Doorn ist er damals einige Zeit nicht gesehen worden, wie es heißt. Eine Unpässlichkeit wurde als Begründung angeführt. Vermutlich hat er da inkognito Deutschland besucht."

„Und, was meinen Sie?", unterbricht ihn Nik. „Plante der Kaiser die Rückkehr der Monarchie oder wollte er nur sein geliebtes Homburg wiedersehen?"

„Das werden wir vermutlich nie erfahren. Vielleicht wollte er ja beides. Nahezu jede politische Veränderung soll er als Anzeichen für Unruhen in Deutschland gewertet haben. Jedenfalls hat er im Frühjahr 1931 an seinem Aufenthaltsort hier einen tollen Blick auf die Taunushänge gehabt. Und hofiert wurde er auch: Mein Großvater war sich nicht sicher, aber eines Abends könnte es Reichspräsident Hindenburg gewesen sein, der besagten Schlossbereich besuchte. Der Kaiser und Hindenburg waren ja gut miteinander bekannt und unter Umständen wollten sie die Zukunft Deutschlands in die Hand nehmen. Schlimmer als später mit Hitler hätte es bestimmt nicht kommen können. Ein anderes Gerücht handelt von Hermann Göring, der angeblich eines Nachts hier auftauchte."

„Stimmt. Da könnte was dran sein", meint Nik. „Der hatte ihn zuvor in seinem Exil aufgesucht."

„Sie sind sehr gut informiert", staunt Heinrich Oppermann.

„Als Journalist recherchiere ich viel."

Als er das ausspricht, stehen beide auf und gehen zur Mauer. Sie blicken über den unteren Schlosspark auf die sanften Berge.

„Womöglich hat den Kaiser an dieser Stelle die Weitsicht gepackt", meint Heinrich Oppermann. „Und er hat dem Thron endgültig abgeschworen. Danach ist er nach Doorn zurück, um in Holland die letzten zehn Jahre seines Lebens zu verbringen."

Für eine gefühlte Minute schweigen beide.

„Ist das schon das Ende der Geschichte?", will Nik wissen.

„Im Grunde ja. Danach passierte die nächsten Jahre nichts Spektakuläres mehr in dem Flügel. Dann kam der Krieg und die Leute hatten andere Sorgen. Gejuckt hat diese alte Geschichte keinen mehr. Bis vor einigen Monaten. Da kamen innerhalb von 14 Tagen gleich zwei Leute auf mich zu und wollten alles ganz genau wissen. Die hätten die Sache besser ruhen lassen sollen, ihre Neugier ist ihnen nicht gut bekommen. Sie haben diese Woche in Ihrer Zeitung ganz groß über die beiden Morde berichtet. Offensichtlich gibt es heutzutage immer noch Kräfte, die mit aller Gewalt die Wahrheit von damals verhindern wollen."

Nik horcht auf.

„Die zwei Ermordeten sind zu Ihnen gekommen? Was wissen Sie darüber?"

„Über ihre Motive kann ich nichts sagen", antwortet Oppermann. „Ich hatte den beiden lediglich das Gleiche erzählt, was ich Ihnen gerade berichtet habe. Nun sind sie tot und dazu grausam hingerichtet worden. Es scheint, dass es für jeden gefährlich werden kann, der sich intensiver mit der Angelegenheit beschäftigt. Auf jeden Fall glaubt jemand, viel zu verlieren zu haben. Bevor diese Person selbst in Schwierigkeiten kommt, bringt sie lieber ein paar Leute um."

„Haben Sie einen Anhaltspunkt, um wen es sich handeln könnte?"

„Nein, ich kann wie Sie nur Vermutungen anstellen. Fragen Sie sich nicht manchmal, warum es noch ein Kaiserdenkmal im Jubiläumspark gibt und warum wir über den Hindenburgring fahren?"

„Was meinen Sie damit?", fragt Nik.

„Wie Sie wissen, handelt es sich um einigermaßen zweifelhafte Figuren der deutschen Geschichte. Woanders wäre der Straßenname zumindest beäugt worden und der Umgang mit so einem Denkmal würde wohl auch kritischer geführt. Das haben bei uns in Bad Homburg einflussreiche Kreise verhindert."

„Meinen Sie wirklich?"

„Wenn jetzt rauskommen würde, dass der Kaiser 1931 wieder gekniffen hat … Ich bin überzeugt, da haben diese Leute kein Interesse dran. Ist aber nur ein Gedankenspiel. Und wer weiß, es könnte alles noch viel mysteriöser und gefährlicher sein", deutet Heinrich Oppermann an.

Beim Schlusswort des älteren Mannes überkommt Nik ein flaues Gefühl im Magen.

„Sie sind noch jung und haben noch viel vor sich. An Ihrer Stelle würde ich meine Nase nicht zu tief in die Sache hineinstecken."

16.

Martin Breitner schnaubt vor Wut. Die ganze Aktion mit Maja Gruber entpuppte sich als riesiger Reinfall. Erst fanden er und seine Kollegen die Verdächtige nicht mehr an ihrem Arbeitsplatz. Um keine Zeit zu verlieren, leiteten sie sofort eine Großfahndung ein. Zwar konnte ein schneller Zugriff erfolgen, doch es stellte sich heraus, dass die Polizei auf die falsche Karte gesetzt hatte. Kurz nachdem Maja in ihrer Friedrichsdorfer Wohnung festgenommen wurde, war sie schon nicht mehr verdächtig. Sie besitzt nämlich ein wasserdichtes Alibi, das unwiderlegbar ist.

„Diese Dilettanten!", brüllt Breitner.

Jetzt sitzt er zusammen mit Franziska Fröhling im gemeinsamen Polizeibüro.

„Dümmer als die Polizei erlaubt", schreit er seinen Frust heraus. „Die sollten künftig alle nur als Politessen durch die Gegend laufen und Tickets an Falschparker verteilen."

Er meint damit die Polizeimitarbeiter, die er mit der Auswertung der S-Bahn-Videos betraut hatte. Einerseits stimmte es, dass Maja Gruber in der Nacht des zweiten

Mordes in der S-Bahn gewesen war. Allerdings vergaßen die Kollegen fahrlässigerweise, sich die ganze Fahrt anzuschauen, weil sie zu stark auf Tatort und Wohnort fixiert waren. Maja fuhr nämlich nicht nur die besagte Strecke zwischen Bad Homburg und Friedrichsdorf. Sie stieg schon 35 Minuten vorher in Sachsenhausen am Lokalbahnhof zu. Nachdem sie bei ihrer Festnahme davon berichtete, brauste Martin Breitner zurück in die Bad Homburger Polizeidirektion. Dort schaute er sich die Aufnahmen nochmals an, und siehe da, die Aussage stimmte. Somit kam Maja nicht als Täterin infrage. Ihr Alibi ist komplett filmisch dokumentiert worden – hieb- und stichfester geht es nicht.

„Eigentlich ist das Ticketverteilen immer noch Aufgabe der Stadtpolizei", wirft Franziska ein. „Wird also nix mit deiner Strafaktion."

„Die lassen uns aussehen wie Volldeppen!" Breitner lässt sich immer noch nicht besänftigen. „Wir sind voll gegen die Wand gefahren."

„Sehen wir es mal von der positiven Seite", beruhigt sie ihn. „Es ist ein kleiner Teilerfolg, wenn es uns auch nur bedingt weiterhilft. Wir können jetzt eine Person als Täterin ausschließen – zumindest für den zweiten Mord am Mittwochabend."

„Obwohl ich sie liebend gerne auf dem elektrischen Stuhl gesehen hätte", fügt Franziska mit einer Prise Sarkasmus hinzu.

Der Grund, warum Maja Gruber gelogen hatte, erscheint einleuchtend. Sie war mit einem anderen Mann verabredet gewesen, von dem ihr Freund nichts wissen sollte. Sie wollte um diese Affäre keinerlei Aufhebens machen und hatte deshalb von ihrer nächtlichen S-Bahn-Fahrt nichts erzählt. An die Aufzeichnung in dem Waggon hatte sie vermutlich nicht gedacht. Kaum ein Fahrgast weiß, wie die Kameras aussehen und wo sie sich befinden. Sie wirken eher wie kleine halbrunde Deckenleuchten.

„Gut. Oder auch nicht", redet Martin Breitner mit leicht gedämpfter Stimme. „Dann müssen wir nun nach anderen Spuren suchen. Schade, die S-Bahn-Aufzeichnungen vom Dienstag sind bereits gelöscht worden."

Gesagt, getan: Franziska Fröhling setzt sich vor den Computer. In den letzten Tagen hat sich einfach sehr viel ereignet. Deshalb ist sie noch nicht dazu gekommen, die Aufzeichnungen und die Namensliste aus der Spielbank auszuwerten. Genauer formuliert, sie hat es vergessen, weil sie die Morde mittlerweile im Historikermilieu ansiedelte und nicht im Zusammenhang mit Roulette.

Sie schaut sich die Videos aus dem Kasino an, allerdings kann sie nichts Auffälliges entdecken. Die zu sehenden Personen kommen ihr unbekannt vor. Nur zwei erkennt sie wieder. Einer ist der Ermordete Dr. Ronald Rothmund. Beim anderen handelt es sich um Bernd Neumeier, den sie wegen seines Kreuzzugs gegen das Glücksspiel verhört hatte. Er hat tatsächlich die Spielbank nicht mal kurz verlassen, sondern ging erst gegen drei Uhr morgens nach Haus. Auch die Personen von der Gästeliste am Mordabend sagen ihr nichts. Der Abgleich mit dem Polizeicomputer läuft ins Leere. Sie gibt die Namen in die Suchmaske ein, findet aber nichts Auffälliges. Eigentlich ist das kein Wunder: Warum sollte sich ein Mörder vor seiner Tat an einem Ort aufhalten, von dem er weiß, dass er gefilmt wird …? Am Eingang steht für jeden sichtbar geschrieben: Die Spielbank wird videoüberwacht!

Franziska legt die DVD mit den Aufzeichnungen aus der S-Bahn von Mittwochnacht ein. Es ist nur eine vage Hoffnung, aber womöglich sind darauf Menschen zu sehen, die sich zuvor im Kasino aufgehalten haben. Sie nimmt sich diesmal auch die Strecke von Bad Homburg nach Frankfurt vor. Über eine halbe Stunde prüft sie die Mitschnitte. Vergeblich, sie findet niemanden aus der Spielbank, die oder der nach Mitternacht mit dem RMV unterwegs war.

„Wurden die E-Mails aus dem Institut bereits ausgedruckt?“, unterbricht Martin Breitner sie bei der Arbeit.

„Eine Zusammenstellung liegt auf deinem Tisch“, murmelt sie.

Er blättert die Listen durch. Auf den ersten Blick handelt es sich um viel langweilige Korrespondenz. Die Auswertung würde Tage brauchen und Sisyphusarbeit bedeuten. Im Grunde müssen sie aus allen E-Mails jedes Wort auf die Goldwaage legen. Glücklicherweise hat es durch die KTU schon eine kleine Vorauswahl gegeben.

„Die Kollegen haben sich bereits ein bisschen damit beschäftigt und einige kleine Auffälligkeiten angestrichen“, ruft ihm Franziska zu. „Es handelt sich um E-Mails, die sie inhaltlich spannend fanden, und um ihre Absender. Ich habe mir die Seiten flüchtig angesehen.“

„Und? Fündig geworden?“

„Es gibt da ein paar wenige E-Mail-Adressen, die auffällig häufig auftreten. Dr. Rothmund hatte besonders oft Kontakt mit einer Frau, wie es scheint.“

„Heißt also, es ist nicht sicher, dass es sich um eine Frau handelt ...?“

„Die Absenderadresse schaut offiziell aus. Sie lautet *Xenia@history.uni-f.de*. Würde mich wundern, wenn da ein Mann dahintersteckt. Xenia muss an der Uni in Frankfurt arbeiten. Ich denke, die sollten wir mal besuchen.“

„Glaubst du, diese Xenia ist verdächtig?“, will Martin Breitner wissen. „Das würde sich mit dem decken, was ich im Internet entdeckt habe. Eine Xenia taucht nämlich auch öfter in den Historikerforen auf, in denen sich Ronald Rothmund bewegt hat.“

„Ein Motiv lässt sich aus den E-Mail-Inhalten nicht ableiten, nur eine Verbindung. Sie kannte beide Ermordeten scheinbar sehr gut, denn sie hat auch Peter von Löwental ein paar Mal erwähnt. Schon aus diesem Grund möchte ich mich mit ihr unterhalten. Ich habe auch schon den Nachnamen und ihre Wohnung anhand des Accounts ausfindig gemacht. Der Provider war sehr entgegenkommend. Sie lebt in Frankfurt.“

„Dann knöpfen wir uns die Dame einmal vor."

„Das machen wir", stimmt Franziska ihm zu. „In jedem Fall kann sie uns Geschichten aus dem Leben der zwei Opfer erzählen."

17.

Nik Herzberg hat sich schon den ganzen Tag auf den gemeinsamen Abend mit Xenia gefreut. Er ist pünktlich in Bad Homburg losgefahren. Weil er zu früh ankommt, wartet er noch einige Minuten im Auto. Als er kurz vor der verabredeten Zeit gegen 21 Uhr die Weinbar im Frankfurter Westend betritt, ist sie noch nicht da. Er setzt sich an einen der hohen Tische und wartet. Fünf Minuten vergehen, zehn Minuten ..., die Zeit verfliegt und nichts passiert. Von Pünktlichkeit hält sie offenbar wenig, schießt es ihm durch den Kopf. Auch nach einer Viertelstunde taucht sie nicht auf. Nik überlegt, ob er sie anrufen soll, aber er zögert. Das würde für die erste Verabredung ein bisschen zu sehr nach Kontrolle aussehen. Als ihn die Bedienung zum zweiten Mal fragt, bestellt er einen Kaffee, um sich daran festzuhalten. Seine auffallend gute Laune von vorhin verfliegt mehr und mehr. Irgendwie hat er sich den Abend anders vorgestellt. Nach gut einer halben Stunde wird es ihm zu bunt. Angesäuert nimmt Nik sein Mobiltelefon in die Hand und wählt ihre Nummer, die er am Morgen von ihr erhalten hat. Vergeblich, es läuft nur die Mailbox. Zunächst legt er auf und dann ruft er sie erneut an. Dieses Mal hinterlässt er eine Nachricht.

„Hallo Xenia, hier ist Nik. Ich sitze in der Weinbar. Ruf mich doch mal kurz zurück, ob du schon unterwegs bist oder gerade noch einen Parkplatz suchst?"

Er ist sich nicht sicher, ob er auf der Mailbox gerade sehr souverän gewirkt hat. Kam die Frage mit dem Parkplatz einigermaßen witzig rüber? Er weiß ja nicht mal, ob Xenia ein Auto hat. Andererseits wollen Frauen erobert werden und da kann jeder noch so holperige Versuch für einen Pluspunkt sorgen.

Doch allzu große Wirkung hat er nicht erzielt. Mindestens weitere zwanzig Minuten wartet er auf ihren Rückruf oder darauf, dass sie zur Tür eintritt. Als nichts passiert, trinkt er den mittlerweile kalten Kaffee aus und bezahlt. Enttäuscht verlässt er die Bar.

Am Morgen schien sie interessiert zu sein, grübelt er. Nik will nicht wahrhaben, dass er versetzt wurde. Er malt sich stattdessen ein anderes Szenario aus. Was ist, wenn ihr etwas zugestoßen ist? Zwei Menschen hatten ihren historischen Wissensdurst mit dem Leben bezahlt. Beide standen mit dem Fachbereich Geschichte an der Uni in Frankfurt in Verbindung – genau wie Xenia. Er hätte die Möglichkeit, Franziska Fröhling von der Kripo anzurufen, die sicherlich Xenias Nummer orten könnte. Wenn seine Verschwörungstheorie nicht stimmen sollte, müsste er ihr allerdings eingestehen, dass sein Charme offensichtlich nicht bei allen Frauen fruchtet. Was wäre das für eine Schlappe!

Lieber wählt er einen anderen Weg. Ein Freund arbeitet bei einem Netzbetreiber und kennt sich mit Handy-Ortungen aus. Nik ruft ihn an und fragt ihn, ob er helfen kann.

„Kein Problem", sagt Jörg Sommer am anderen Ende der Leitung. „Ich bin gleich zu Hause und gehe dann an meinen Computer. Hat sie ein Android oder iPhone?"

„Bin mir nicht sicher. Ein iPhone ist es, glaube ich, nicht. So ein Massenprodukt würde auch nicht zu ihr passen. Xenia macht nicht das, was alle machen. Zumindest kann ich dir ihre Nummer geben."

„Wann habt ihr euch das erste Mal getroffen? Heute früh? Du scheinst sie ja schon sehr gut zu kennen. Sobald Mädels ins Spiel kommen, setzt bei den meisten Männern der Verstand aus. Ich probiere es und melde mich."

Eine Viertelstunde später ruft Jörg Sommer wie versprochen wieder an.

„Tut mir leid, da kann ich augenblicklich nichts machen. Das Handy wurde zuletzt um 19:57 Uhr benutzt. Nun ist es ausgeschaltet. Ich versuche es später noch einmal und gebe dir dann Bescheid."

Frustriert ballt Nik die Hand zur Faust und schlägt sich damit auf den Oberschenkel. Dann holt er tief Luft und denkt über den nächsten Schritt nach. Er könnte zu ihr nach Hause fahren, doch dazu müsste er ihre Adresse kennen. Während er sinniert, greift er in seine Jackentasche. Dabei zieht er den Flyer heraus, den er nach dem Besuch bei Professor Kalbach-Rabe mitgenommen hat. Dort ist wie erwartet keine Xenia verzeichnet. Leider weiß er nicht mal ihren Nachnamen. Damit wird eine Internetrecherche fast unmöglich sein. Trotzdem nimmt er sein Smartphone in die Hand und ruft die Suchmaschine auf. Er klickt auf die Internetseite der Unibibliothek; dort findet er niemanden mit dem Namen Xenia. Es ist ohnehin nur ein Versuch nach dem Prinzip Hoffnung gewesen – warum sollte auch eine Aushilfe dort gelistet sein, wenn nicht mal die Festangestellten darin aufgeführt sind ...?

Als Letztes geht er auf die Seite des Fachbereichs Geschichte. Hier gibt es zumindest theoretisch vage Chancen, sie zu finden. Sie könnte in einem der Beiräte mitarbeiten. Nach Niks erstem Eindruck schien sie sehr gut mit den Gegebenheiten an der Uni vertraut zu sein. Er klickt den Fachbereichsbeirat an, wo die Mitglieder aufgelistet sind. Bingo! Volltreffer! Als Vertreterin der Studierenden ist eine Xenia Müller angegeben. Das muss sie sein, obwohl Xenia zurzeit gar nicht studiert.

Nik ruft wieder seinen Freund an. Eigentlich hätte er ihn schon vorher fragen können, ob sich anhand der Telefonnummer auch die Adresse und der Familienname recherchieren lassen.

„Sonst kämpft ihr in eurem Blatt doch immer vehement für den Datenschutz“, meint Jörg Sommer. „Du weißt schon, was du mir da abverlangst …?“

„Ist nur eine Bitte. Du kannst auch Nein sagen."

„Klar, und wenn ich ablehne, bleiben wir trotzdem Freunde. Ich versuche es mal und rufe dich wieder zurück. Gib mir mal eine halbe Stunde Zeit."

Tatsächlich klingelt das Smartphone schon fünf Minuten früher.

„Gute Nachrichten!", sagt Jörg Sommer. „Ich habe ihre Adresse rausbekommen. Xenia Müller wohnt im Oeder Weg."

Nik notiert die Hausnummer und bedankt sich artig.

„Du hast etwas gut bei mir."

„Hast du schon häufiger gesagt. Ich werde dich beizeiten dran erinnern."

Knapp zehn Minuten später steht Nik mit laufendem Motor vor Xenias Wohnung im Frankfurter Nordend. Weitere drei Minuten dauert es, bis er einen der äußerst raren Parkplätze ergattert hat – eine wahrhaft gute Zeit für diese Gegend. Sein platzsparendes Citycar ist in der Großstadt richtig praktisch. Es ist jetzt 22:45 Uhr und im Grunde zu spät für Hausbesuche. Er wählt noch einmal ihre Mobilnummer; es läuft wieder nur die Mailbox. Als er vor der Haustür steht, drückt er auf das Klingelschild mit dem Namen „Müller". Nichts passiert; weder das Geräusch eines Türöffners noch die Gegensprechanlage sind zu hören. Dann rüttelt er an der Eingangstür. Diesmal muss er keine verbotenen Experimente machen, um eintreten zu können. Die Tür ist nur angeschoben.

Nik geht hinein und drückt auf den Lichtschalter im Treppenhaus. Wenn er das Klingelschild richtig interpretiert hat, muss Xenia ganz oben wohnen. Er marschiert die Treppe hinauf und schaut auf die anderen Namen an der Tür. Leicht aus der Puste geraten kommt er ganz oben an. Hier, in der fünften Etage, gibt es nur eine Wohnung. Sein Herz klopft. Nik weiß nicht, ob es die Aufregung ist oder ob sich das Treppensteigen bemerkbar macht.

Er erschrickt. Die Wohnungstür mit dem aufgeklebten Namenszug steht offen. Ist sie da? Oder hat Xenia ungebetenen Besuch bekommen? Einerseits würde das zumindest erklären, warum sie nicht zur Verabredung gekommen war. Andererseits beruhigt ihn diese Mutmaßung nicht. Für einen Moment überlegt er, was er tun soll. Dann betritt er die Wohnung.

„Hallo …, Xenia …?"

Es kommt keine Antwort.

In der Wohnung brennt Licht. Nik blickt sich um. Das Apartment besteht aus einer winzigen Diele mit Kochnische. Geradeaus befindet sich ein kleines Bad, links geht es zu einem größeren Zimmer. Hier muss sie wohnen und schlafen, denkt er sich.

Bevor er dort nach dem Rechten schaut, versucht er, sich noch einmal bemerkbar zu machen.

„Hallo …?"

Wieder erhält er keine Antwort. Als er das Zimmer betreten will, hört er in seinem Rücken eine laute Männerstimme.

„Halt! Bleiben Sie stehen. Was machen Sie hier?“

Irgendwo hat er diese Stimme schon mal gehört.

„Polizei! Heben Sie die Hände und rühren Sie sich nicht von der Stelle.“

Nik kommt der Aufforderung, ohne zu zögern, nach.

„Jetzt drehen Sie sich langsam um.“

Brav leistet er Folge und erkennt den Mann gegenüber.

„Schon wieder ein Einbruch!“, sagt Kommissar Martin Breitner. „Sie sind ja kaum zu stoppen.“

„Dürfen Sie das überhaupt?“, will Nik wissen. „In Frankfurt einfach so eine Fahndung durchführen? Ich dachte, Ihr Revier ist Bad Homburg.“

„Wir ermitteln in zwei Mordfällen. Schon vergessen?“

Martin Breitner zückt die Handschellen.

„Selbst bei kleineren Delikten dürfen wir in Frankfurt aktiv werden“, grinst der Ermittler. „Außerdem stehen wir im Kontakt mit der örtlich zuständigen Dienststelle.“

Dabei gibt er Nik einen Wink mit der Hand und beide treten in das Wohn- und Schlafzimmer ein.

„Die Dame, die hier wohnt, ist womöglich eine wichtige Zeugin. Wir wollten sie befragen. Leider ist sie verschwunden. Ich nehme an, Sie haben damit zu tun oder kennen sie zumindest. Letzteres liegt nahe, da Sie sonst kaum hier wären.“

„Woher wissen Sie von ihr?“, will Nik wissen.

„Wir haben eine Art Hinweis bekommen und sind losgefahren. Dann stand die Tür offen, wie Sie ja selbst bemerkt haben. Ich habe mich hier ein wenig umgeschaut, während Frau Fröhling mit der Befragung der Nachbarn begonnen hat. Als ich erst das Klingeln und dann die Schritte hörte, bin ich ins Bad, um auf den Einbrecher zu warten. Manchmal haben die Täter was vergessen und kehren an den Ort ihrer Straftat zurück."

Nik wird nervös, weil er sich große Sorgen um Xenia macht.

„Straftat? Ist sie entführt worden?"

„Sieht so aus", sagt Breitner. „Es finden sich ein paar kleinere frische Blutspuren auf dem Teppich und es riecht hier leicht süßlich wie nach Chloroform. Allerdings hat seltsamerweise niemand was von einer Entführung mitbekommen. In diesem Haus nicht und in den umliegenden Häusern auch nicht. Keiner von den Befragten hat gesehen, auf welche Weise sie ihre Wohnung verlassen hat."

Der Kommissar hebt die Handschellen hoch.

„Ich will gnädig sein und auf dieses einengende Instrument verzichten. Irgendwie arbeiten wir ja an der gleichen Sache. Aber als kleine Gegenleistung erzählen Sie mir jetzt alles, was Sie in Verbindung mit Xenia Müller wissen."

Das lässt sich Nik nicht zweimal sagen. Natürlich möchte er, dass Xenia unversehrt gefunden wird. Also berichtet er dem Kommissar von seinem Treffen mit seiner neuen Bekanntschaft in der Uni-Bibliothek. Die geplatzte Verabredung in der Weinbar lässt er nicht unerwähnt. Denn nun scheint er sich sicher, nicht versetzt worden zu sein. Er verschweigt lediglich, wie er an ihre Adresse gekommen ist; seinen Kumpel Jörg Sommer möchte er nicht mit reinreißen. Auch die versuchte Ortung lässt er deshalb aus.

„Ich habe Xenias Handynummer", geht Nik in die Offensive. „Können Sie damit ermitteln, wo sie sich gerade aufhält?"

„Nichts ist leichter als das", meint Martin Breitner ein wenig prahlerisch.

„Ich hatte vorhin versucht bei ihr anzurufen. Das Telefon war ausgestellt."

„Nun, wenn es nicht gerade auf dem Mond liegt, sollten wir es trotzdem identifizieren können. Aber wählen Sie vorher noch einmal ihre Nummer. Vielleicht entpuppt sich das Ganze ja als Missverständnis und Ihre Angebetete vergnügt sich mit einem anderen, während wir uns Sorgen machen. Wäre sicherlich eine gute Nachricht, gleichzeitig natürlich Pech für Sie."

Nik hat für solche Witze gerade nichts übrig. Er möchte wissen, was mit Xenia passiert ist, und er hofft, dass die Sache gut ausgehen wird. Wie schon zuvor geht der Anruf ins Leere, es ertönt wieder nur die Mailbox.

„Okay", meint Breitner. „Dann müssen jetzt meine Kollegen ran."

Er gibt die Mobilnummer der Vermissten telefonisch an die Polizeidienststelle in Bad Homburg weiter. Jetzt heißt es warten und beide schweigen sich die meiste Zeit an. Einige Zeit später macht sich das Smartphone bemerkbar und Martin Breitner erhält einen Rückruf aus der Saalburgstraße.

„Das Mobiltelefon konnte geortet werden“, sagt er. „Es befindet sich nordwestlich von Frankfurt. Ein Einsatzfahrzeug wird gleich an der identifizierten Stelle eintreffen.“

„Gibt es ein Lebenszeichen von Xenia?“, will Nik wissen.

„Werden wir in Kürze wissen. Sollten unsere Kräfte mehr als das Smartphone finden, fahren wir hin. Aber erst mal warten wir auf die Spusi, damit die Wohnung ein bisschen gründlicher unter die Lupe genommen werden kann.“

Es dauert nicht lange, bis Breitner einen weiteren Anruf erhält. Die Streifenbesatzung berichtet, dass eine Tasche gefunden wurde und sich darin ein Mobiltelefon befindet.

Es ist „ihr“ Smartphone, das nun zwischen Niederursel und Weißkirchen im Gebüsch am Straßenrand aufgetaucht ist. Von der Vermissten selbst gibt es jedoch keine Spur.

Fast zur gleichen Zeit trifft der örtliche Erkennungsdienst am Fundort der Tasche ein, erfährt Martin Breitner am Telefon.

Inzwischen sind auch die Spezialisten der Spurensicherung in die Wohnung von Xenia Müller gekommen. Sie stellen das Apartment vollständig auf den Kopf, um einen Anhaltspunkt über den Verbleib der Vermissten zu finden.

„Lassen Sie uns gehen, Herr Herzberg. Meine Kollegin, Frau Fröhling, wartet bereits unten auf uns“, fordert ihn der Kommissar auf. „Hier können wir im Moment nichts tun, was Ihrer Bekannten aus der Patsche helfen könnte.“

Mit seinem Nachsatz möchte der Polizist den aufgeregten Nik Herzberg beruhigen.

„Wir haben inzwischen die Suche nach Xenia Müller eingeleitet.“

Tag vier: Sonnabend

18.

Am Samstagmorgen sitzt Franziska auf ihrem Balkon. Der heiße Sommer wird an diesem Tag zurückerwartet und die Meteorologen haben Temperaturen von über 30 Grad angesagt. Eigentlich hätte sie frei und könnte die Sonne genießen. Doch die Ereignisse der letzten Tage erfordern ihre Anwesenheit – Mördersuche kennt keine Freizeit. Um zumindest ein bisschen vom blauen Himmel zu haben, ist sie bereits um sieben Uhr aufgestanden. Nun frühstückt sie und genießt die frische Morgenbrise, die langsam von der drückenden Hitze abgelöst wird.

Seit gestern Abend hat sich nichts Neues ergeben. Von Xenia Müller fehlt weiter jegliches Lebenszeichen. Franziska wartet auf die Ergebnisse der Spurensicherung, die den Ermittlungen eine Wende geben können. Die Kollegen haben Xenias Wohnung und die Räumlichkeiten des zweiten Toten, Peter von Löwental, intensiv unter die Lupe genommen. Dabei blieb kein Stein auf dem anderen, auf den ersten Blick fand sich jedoch kein hilfreicher Hinweis zur Aufklärung.

Sie gießt sich eine weitere Tasse Kaffee ein und blickt in den blauen Ober-Eschbacher Himmel. In anderthalb Stunden muss sie im Präsidium aufschlagen. Es bleibt ihr noch Zeit, um das herrliche Wetter zu genießen und eine Zwischenbilanz ihrer Fälle zu ziehen. Seit Dienstagnacht gab es zwei Tote, eine Vermisste und einige potenzielle Täter.

Franziska geht in Gedanken die Verdächtigen der Reihe nach durch.

Der Spielkasino-Hasser Bernd Neumeier, der seine Kreuzzüge gegen das Glücksspiel führt, kommt als Mörder von Ronald Rothmund nicht infrage. Das beweist eindeutig die Videoaufzeichnung aus der Spielbank. Neumeier ist zwischen zwölf und drei Uhr im „Brunnensälchen“ gewesen. Peter von Löwental wurde nicht nach einem Roulette-Abend umgebracht, sodass Neumeier für den zweiten Mord kein Motiv hätte.

Ihre von ihr innig gehasste Schulkameradin Maja Gruber besitzt für den Mord an Peter von Löwental ein unwiderlegbares Alibi. Anders sieht es für die erste Tat aus. Allerdings hat die kriminaltechnische Untersuchung ergeben, dass beide Morde mit der gleichen Schusswaffe verübt wurden. Daher dürfte sie mit großer Wahrscheinlichkeit nicht als Täterin in Betracht kommen.

Gleiches gilt für die Ehefrau des zweiten Opfers, Louise von Löwental. Finanzielle Interessen hatte sie offenbar nicht und nach eigener Aussage führte sie eine tolerante Ehe. Sollte nicht noch das Gegenteil bewiesen werden oder ein weiteres Tatmotiv auftauchen, wäre sie vermutlich außen vor. Und rein von ihrer vornehmen Persönlichkeit her würde sie gar nicht in die Situation geraten, in der sie schießen muss. Die Vorstellung passt nicht zu ihr, dass sie sich zu nächtlicher Stunde in irgendwelchen Kellerbüros aufhält. Genauso wenig würde sie sich im Dunkeln im Kurpark herumtreiben und einem Opfer auflauern. Sehr wohl verfügte sie aber über genug Geld, um sich nicht selbst die Hände schmutzig zu machen. Ab einem bestimmten Preis werden Profikiller empfänglich. Also erscheint es noch zu früh, sie ganz aus dem Kreis der potenziellen Verdächtigen zu streichen. Schließlich sind die meisten Morde unmittelbare Beziehungstaten. Allerdings hat sie den ersten Toten, Ronald Rothmund, nach eigener Aussage nur flüchtig gekannt.

Was ist mit Xenia Müller? Sie hatte häufiger E-Mail-Verkehr mit den beiden Ermordeten. Jedoch fehlt bislang ein Motiv und nun wird sie selbst vermisst. Ist sie ebenfalls ein Opfer oder hat sie sich aus dem Staub gemacht, weil sie glaubte, verdächtigt zu werden? Da sie Xenia nicht persönlich kennengelernt hat, kann sich Franziska kein wirkliches Bild von ihr machen. Sie beschließt, nachher die E-Mails noch einmal durchzugehen. Bei der ersten, zugegebenermaßen oberflächlichen Sichtung der elektronischen Korrespondenz fand sich wenig Nützliches. Es ging um geschichtliche Bücher, Quellen, Zitate und Ähnliches. Persönliche Dinge kamen nicht darin vor. Möglicherweise hatten sie aber ein wichtiges Detail übersehen.

Dann wäre da noch Professor Kalbach-Rabe. Sie hatte ihn besucht, kurz nachdem Nik Herzberg mit ihm gesprochen hatte. Er machte einen eher harmlosen Eindruck auf sie. Das denkbare Motiv – wissenschaftliche Differenzen –

erscheint Franziska dann doch viel zu schwach, um daraus einen Tatverdacht zu stricken. Für die 85 Jahre alte historische Wahrheit wird niemand mal so eben um die Ecke gebracht, ist sich Franziska sicher. Es sei denn, der Professor hat noch eine ganz andere Leiche im Keller.

Sie tankt die Sonnenstrahlen, bevor sie sich auf den Weg in die Polizeistation macht. Ein bisschen ärgert sie sich, weil sie nun auf Verbrecherjagd gehen muss. Wenn sie Glück hat, würde sie wenigstens den Abend mit ein paar Freunden und einem Drink relaxed ausklingen lassen.

In der Saalburgstraße angekommen, geht Franziska als Erstes erneut die E-Mail-Korrespondenz zwischen Xenia Müller und Ronald Rothmund durch. Dieses Mal will sie jeden einzelnen Buchstaben unter die Lupe nehmen. Anfangs stellt sich kein Erfolg ein, denn sie tauschen sich fast nur über historische Dinge aus. Irgendwann ist im Zusammenhang mit Begebenheiten aus den „frühen Dreißigern" von einer neuen Quelle die Rede. Xenia scheint einen Informanten ausfindig gemacht zu haben, der etwas Wichtiges liefern könnte. Was den historischen Zeitpunkt angeht, passt das zur Spur, die auch Nik Herzberg verfolgt. Dann allerdings wäre Xenia in großer Gefahr. Die ganze Sache ist etwa zehn Tage her gewesen, also eine knappe Woche vor dem ersten Mord. Ärgerlicherweise ergeben sich in den E-Mails keine weiteren, tiefergehenden Informationen. Vielleicht haben sie sich danach telefonisch ausgetauscht, das könnte sie gleich die KTU fragen.

Franziska schaut bei den Kollegen vorbei und lässt sich die Anruflisten geben. Bis wenige Stunden vor seinem Tod hatte Dr. Ronald Rothmund regelmäßigen Kontakt mit Xenia. War das nur der berufliche Austausch in Historikerkreisen oder sind sich beide auch privat nahegekommen? Und: Am Morgen, nachdem Rothmunds Leiche am Schwanenteich gefunden wurde, hatte Xenia Müller gleich dreimal mit Peter von Löwental telefoniert. Er rief sie immer wieder an, was seltsam erscheint, zumal er kurz darauf selbst das Zeitliche segnete.

Das alles kann kein Zufall sein. Auch ihr Geburtsort macht Xenia von einer Randfigur des Falles zu einer Hauptbeteiligten: Sie ist am 25. Februar 1991 in Bad Homburg zur Welt gekommen. Ihre Eltern leben noch in der Stadt und Franziska überlegt, was sie tun kann. Soll sie ihnen einfach einen Besuch abstatten? Wissen sie, wo sich Xenia versteckt hält? Dann wäre sie gewarnt – natürlich nur, wenn sie nicht entführt wurde, sondern selbst in die Sache verwickelt ist. Franziska ruft Martin Breitner an, der eigentlich erst später ins Revier kommen wollte. Zusammen beschließen sie, das Haus zunächst erst einmal abwechselnd zu beobachten. Wer weiß, wer ihnen da zufällig ins Netz gehen würde.

Der dunkelgrüne Mini steht in der von Bäumen umrahmten Tannenwaldallee. Auf der rechten Seite befindet sich der Gustavsgarten, links die vornehmen Häuser der Besserverdienenden – Xenia scheint ein Kind aus gutem Hause zu sein. Franziska hat sich mit ein wenig Abstand auf die Parkseite gestellt. Aus diesem schrägen Winkel beobachtet sie das Haus der Familie Müller. Fahrer- und Beifahrerfenster ihres Wagens sind offen, um Durchzug zu erzeugen; sie möchte nicht den Motor laufen lassen, um die Klimaanlage in Betrieb zu halten. Die mächtigen Bäume spenden zum Glück ein bisschen Schatten und so ist es trotz sommerlicher Hitze erträglich. Eine große Wasserflasche sorgt für den richtigen Flüssigkeitshaushalt.

Ab und zu läuft ein Jogger in gemächlichem Tempo vorbei, obwohl im Radio immer wieder vor sportlichen Aktivitäten in der Mittagszeit gewarnt wird. Manche können es selbst bei der drückenden Schwüle einfach nicht lassen.

Seit einer Dreiviertelstunde hat Franziska das Haus im Visier. Bislang ist nichts Verdächtiges passiert. Langsam macht sich der kleine Hunger bemerkbar. Immerhin ist sie fast mit den Vögeln aufgestanden und das Frühstück liegt schon fünf Stunden zurück. Während sie versunken die grüne Allee im Auge hat, taucht an ihrer linken Fahrertür lautlos ein Schatten auf.

„Pizza-Bringdienst", sagt Martin Breitner. „Sie habbe einmal mit alles bestellt. Ische mitgebracht", äfft er politisch unkorrekt einen Pizzabäcker nach.

Franziska blickt auf. „Du kommst wie gerufen. Detektivspielen macht Appetit."

„Lass uns mal in den Park gehen und das Essen ein wenig genießen“, schlägt Breitner vor. „In der Zwischenzeit legen wir einfach ein Handy neben die Gartentür. So können wir hören, wenn jemand kommt oder das Haus verlässt.“

Er zückt ein zweites Mobilfunkgerät, ruft dessen Nummer an, nimmt den eigenen Anruf entgegen und überquert die Straße. Am Tor zum Grundstück der Müllers deponiert er den kleinen Spion. Dann geht er mit seiner Kollegin ein paar Meter die Straße hoch. Durch den Gustavsgarten marschieren sie zum Kleinen Tannenwald. Sie setzen sich auf eine Parkbank und blicken über den Teich auf die Insel mit dem weißen Tempel.

„Herrlich“, schwärmt Franziska. „So haben die Leute hier schon vor zweihundert Jahren die Sommerfrische erlebt.“

Sie erinnert sich an das vergangene Jahr. Da hat sie hier mit einer Freundin beim „Bad Homburger Sommer“ einem Frauen-Ensemble gelauscht. Es war ein toller Abend. Die Mädels spielten Chansons und der von den lauschigen Bäumen umgebene Park gab dem Ganzen eine erhabene Atmosphäre. Jetzt ist der Anlass ein völlig anderer; auch dieser Situation kann Franziska etwas abgewinnen. Sie verzehren die Pizza mit den Händen und blicken auf das Gewässer. Für einen kurzen Augenblick scheint die Arbeit vergessen. Das eingeschaltete Telefon bleibt ruhig. Von der Grundstückspforte sind keinerlei Aktivitäten zu hören.

Als die Pappschachteln leer gegessen sind, verweilen sie noch einen Moment auf der Bank. Dann ist es Martin Breitner, der die entspannte Mittagspause unterbricht.

„An die Arbeit!", ruft er aus und steht auf. Beide gehen den Weg zum beobachteten Objekt zurück und holen das ausgelegte Handy ab. Danach setzen sie sich wieder in Franziskas Wagen.

„Wo steht eigentlich dein Auto?", fragt Franziska.

„In der Kreuzallee", sagt der Kollege. „Ich fahre gleich vor und löse dich dann für zwei Stunden ab."

Doch daraus wird nichts. Sekunden später kommt Bewegung in die Sache. Als Martin Breitner gerade dabei ist, Franziskas Mini zu verlassen, öffnet sich das Gartentor der Villa. Entgegen seiner ursprünglichen Absicht bleibt der Kommissar im Wagen sitzen und wartet ab.

Ein Mann mittleren Alters betritt die Straße.

„Den kenne ich doch", stellt Franziska mit Erstaunen fest.

Für einen Moment kann sie der Person keinen Namen zuordnen. Sie überlegt und einige Sekunden später fällt der Groschen. Sie hat ihn bereits im Zusammenhang mit dem Tod von Dr. Ronald Rothmund befragt.

„Van Gogh", stellt sie fest. „Georg Müller, wer hätte das gedacht. Er ist also der Vater von Xenia Müller."

Im Grunde genommen hätte sie das schon vorher wissen können. Nur hatte sie Xenia nicht mit dem ehemaligen Galeristen in Verbindung gebracht. Müller heißen viele und deshalb sah sie keinen Zusammenhang zwischen beiden. Offenbar sind solche Allerweltsnamen ein guter Schutz vor Entdeckung; genauso wie es sich in einer bevölkerten Fußgängerzone leichter klauen lässt, ohne erwischt zu werden.

Georg Müller marschiert die Tannenwaldallee zum Hindenburgring hinunter. Er scheint es recht eilig zu haben.

„Na, dann wollen wir ihm mal folgen", ist Martin Breitner entschlossen. „Wenn wir Glück haben, führt er uns zu seiner Tochter. Bleib du hier und observiere weiter den Eingang. Ich gehe ihm nach."

Er steigt aus und läuft van Gogh so unauffällig wie möglich hinterher.

Eine Weile vergeht und Franziska wartet im Auto. Nach rund zwanzig Minuten klingelt ihr Mobiltelefon.

Sie schiebt den Anrufbutton zur Seite. „Hallo, Martin. Wo bist du gerade?"

„Hallo, Franzi. Ich bin ihm gefolgt, bis auf den Festplatz am Heuchelbach. Er hat da was unter ein parkendes Auto gelegt, so eine Art Päckchen. Als er wieder umgekehrt ist, hat sich die Tür von dem Wagen geöffnet und das Päckchen wurde ins Auto geholt. Dann ist der Wagen losgefahren. Das könnte einer von Xenias Entführern gewesen sein, der das Lösegeld an sich genommen hat. Ich habe mir das Kennzeichen notiert. Ein weißer Audi A6 mit einem HG auf dem Nummernschild. Ich bin gleich mal bei unseren Kollegen vorstellig geworden. Allerdings haben die mir mitgeteilt, dass der Wagen als gestohlen gemeldet ist. Bin jetzt schon wieder auf dem Rückweg. Er wird vermutlich in Kürze wieder vor dem Haus auftauchen."

„Gut", entgegnet sie. „Wenn die vermeintlichen Entführer gerade nicht greifbar sind, müssen wir uns direkt an Herrn Müller wenden. Mal schauen, was er uns zu sagen hat."

Franziska sieht Georg Müller zurückkehren. Am Eingang passt sie ihn ab und spricht ihn an. Kurze Zeit später sitzt sie mit ihm im großen Wohnzimmer des Hauses, in dem viele Gemälde hängen. Martin Breitner ist ebenfalls zurück und setzt sich dazu.

„Ich weiß nicht, was ich machen soll", seufzt van Gogh. „Die Entführer haben ausdrücklich ‚Keine Polizei!' gesagt."

„Aber jetzt sind wir ja da und können nicht so tun, als ob nichts gewesen wäre", entgegnet ihm Franziska. „Erzählen Sie uns doch der Reihe nach, was passiert ist."

„Zum Glück ist meine Frau heute nicht da. Sonst würden sich dramatische Szenen abspielen. Die Anrufer haben nämlich erzählt, sie hätten meine Tochter entführt", berichtet Georg Müller. „Eine Million soll ich zahlen. Dann würde sie wieder freikommen. Ich habe denen gesagt, dass ich so viel Geld am Wochenende nicht auftreiben kann. Und ich habe verlangt, vorher mit meiner Tochter zu sprechen, um so ein Lebenszeichen zu erhalten."

„Was haben die Entführer geantwortet?"

„Sie haben meine Tochter ans Telefon geholt. Ihr geht es gut, hat sie berichtet. Ich bräuchte mir keine Sorgen zu machen."

„Und dann?"

„Dann meinten die Entführer, ich soll ihnen so viel bringen, wie ich von irgendwoher bekommen kann. Ich verfüge bar über rund 150 000 Euro in Fünfhunderter-Noten, habe ich gesagt. Das hat denen gereicht und sie haben versprochen, dass sich Xenia nach der Übergabe bei mir melden wird."

„Hm, ich weiß zwar nicht, ob das üblich ist, 150 000 Euro in bar zu Hause zu haben", meint Franziska. „Aber jetzt warten wir einfach mal ab, bis die Ganoven Ihre Tochter freilassen."

Sehr professionell kommt ihr die ganze Sache nicht vor: eine Entführung am Wochenende und ein kleines Lösegeld, bei einem verhältnismäßig großen Risiko, erwischt zu werden. Wer geht schon für 150 000 Euro für fünf oder mehr Jahre in den Bau …? Egal, zunächst ist erst einmal das Wichtigste, dass die Entführer tatsächlich Wort halten und Xenia nichts passiert.

Sie warten eine Stunde, zwei Stunden und noch länger. Nichts geschieht. Dann klingelt das Telefon. Die Nummer im Display ist Georg Müller bekannt, doch auf die Schnelle kann er sie nicht zuordnen. Mit zittriger Hand nimmt er den Hörer ab. Es ist nur die Nachbarin, die fragt, ob sie Kirschen bringen kann. Er bejaht, legt auf und geht über die Terrassentür nach draußen. Am Zaun wartet eine ältere Frau, die ihm einen Korb reicht. Nach kurzer Unterhaltung geht er durch den Garten zurück ins Haus. Nun sitzt er wieder mit Franziska Fröhling am Telefon und sieht Xenias Anruf entgegen. Martin Breitner hat inzwischen das Anwesen verlassen, um sich der Fahndung nach dem Auto zu widmen.

19.

„Ich wollte sie da nicht mit reinziehen", sagt die Stimme zu sich. „Sie ist so ein junges und unschuldiges Geschöpf und sie hat ihr ganzes Leben noch vor sich."

Wenn alles glattgeht, würde ihr nichts passieren. Nur die Entführung und eine weitere kleinere finale Handlung müssten durchgestanden werden. Dann könnten alle wieder ein normales Leben führen.

Gut, es hat Opfer gegeben, doch sie haben die Konsequenzen selbst herausgefordert. Dr. Ronald Rothmund hatte in der Öffentlichkeit zu sehr geprahlt. Und Peter von Löwental war geldgierig, wollte unbedingt den neuen Reichtum an sich bringen. In gewisser Weise hätten sie damit ihren Tod selbst verschuldet.

Das Mädchen weiß, was passieren würde, wenn sie das Geheimnis ausplaudert. Also wird sie es nicht tun.

„Wenn sie brav bleibt, lasse ich sie in Ruhe."

Im Grunde hätte sie gar nicht gekidnappt werden müssen. Das ist eine reine Vorsichtsmaßnahme gewesen. So bekommt sie es zusätzlich mit der Angst zu tun. Auf diese Weise dürfte ihr klar werden, mit wem sie sich anlegen würde. Eine Belohnung soll sie trotzdem bekommen. Doppelt hält besser und ganz nebenbei ist sie dadurch in der Sache richtig mit drin. So hat sie einen zusätzlichen Grund zu schweigen.

„Außerdem habe ich durch sie herausbekommen, dass es einen weiteren Mitwisser gibt. Gott sei Dank ist es nur noch einer. Der dritte Mann muss heute dran glauben!"

20.

Nik Herzberg hat schlecht geschlafen. Einerseits war es brütend heiß gewesen, andererseits ließen ihn die Gedanken an Xenia nicht zur Ruhe kommen. Nachts im Halbschlaf erscheint die Angst noch ein bisschen größer und so hat er sich das Schlimmste ausgemalt. Als er dann endlich doch weggenickt war, packte ihn ein Albtraum. Er wurde von Fledermäusen im dunklen Schlosshof attackiert. Sie kreisten rund um den Weißen Turm, zeigten sich ungewohnt angriffslustig und verfolgten ihn. Dabei gaben sie ihm die Botschaft mit auf den Weg, die Vergangenheit ruhen zu lassen. Als er sich schon seinem Schicksal ergeben hatte und ihrer Anordnung ängstlich Folge leisten wollte, flogen die Fledermäuse mit lautem Schreien davon. Schweißgebadet wachte Nik auf, um festzustellen, dass die Geräusche ganz woanders her stammten. Die

Tauben der Erlöserkirche zogen über der Altstadt ihre Kreise.

Einschlafen konnte er nach dem abrupten Ende seines Traumes nicht mehr: Entsprechend gerädert und in Sorge um Xenia verbringt er den Samstagvormittag. Gegen elf hält er es nicht mehr aus und ruft Franziska Fröhling an. Er erfährt allerdings nur, dass es nichts Neues gibt. Von Xenia gibt es keine Spur, sie bleibt weiterhin verschwunden.

Die Suche nach der Vermissten ist Aufgabe der Polizei. Da sind ihm die Hände gebunden. Und Franziska hat ihm am Telefon eindringlich eingeschärft, nichts zu unternehmen, was Xenia gefährden könnte. Nik überlegt, was er in der Zwischenzeit tun kann, um bei seinen Recherchen voranzukommen.

Er hatte schon vor zwei Tagen während seines Krankenhausaufenthalts darüber nachgedacht, das landgräfliche Schloss von innen zu besichtigen – zumindest den Teil, der für die Öffentlichkeit zugänglich ist. Der Königsflügel wurde schon vor geraumer Zeit wegen erheblicher statischer Mängel gesperrt. Doch auch ein Besuch des Englischen Flügels bringt unter Umständen neue Erkenntnisse in der kaiserlichen Angelegenheit. Im Idealfall würde er etwas gewahr werden, was das Puzzle zusammenfügen könnte.

Bevor er losgeht, schlägt er die Wochenendausgabe der Hochtaunus-Post auf und beäugt kritisch seine eigene

Berichterstattung. Der Doppelmord spielt in der Zeitung immer noch die wichtigste Rolle. Über beide Ereignisse berichtet Nik ausführlich auf der ersten Seite des Lokalteils.

Für den Leser gibt es keine wirklich neuen Erkenntnisse. Also muss spekuliert werden und nun kommt das ominöse Finale ins Spiel.

Einer seiner Artikel behandelt die Frage, was es mit den von Dr. Ronald Rothmund gesetzten Zahlen auf sich hat.

HESSISCH ROULETTE
Stecken „die Finalen“ hinter dem Mordgeheimnis?

Von Nik Herzberg

Kurz bevor Dr. Ronald Rothmund starb, setzte er in der Spielbank immer die gleiche Kombination: 1, 11, 21, 31. Roulette-Experten sprechen auch von „den Finalen“, bei dem vier Zahlen mit der letzten Endziffer gesetzt werden. War das Zufall oder sind diese Zahlen der Schlüssel für die Aufklärung des Falls?

Bad Homburg. Es klingt mysteriös, doch dieses „Finale“ hängt womöglich unmittelbar mit der Tat zusammen. Etwa zehnmal hintereinander hat der getötete Historiker die Jetons auf besagte vier Zahlen gesetzt. Nur viermal lag er richtig, das brachte ihm dennoch ein Mehrfaches seines insgesamt eingesetzten Betrages. Alles in allem dürfte Dr. Ronald Rothmund die Bad Homburger Spielbank mit mindestens 14 000 Euro verlassen haben. Am

Tatort wurde nichts von diesem Geld gefunden und bis jetzt fehlt jede Spur.

Soweit die Fakten. Alles Weitere führt in den Bereich der Spekulation. Es wäre denkbar, dass diese Zahlen für eine Spielstrategie stehen oder eine besondere Bedeutung haben. Ähnlich wie andere, die etwa auf ihren Geburtstag setzen, hat der ermordete Dr. Rothmund vielleicht einen triftigen Grund für die Auswahl der Kombination gehabt. Eine Spur führt in die Vergangenheit. Die Zahlen könnten ein Ereignis markieren, das sich am 3. April 1931 zugetragen hat. Für eine solche These spricht ein Zeitungsausschnitt vom „3.4.31" aus dem Besitz des Toten. Darauf wurden die Zahl „31" rot markiert und komische Additionen auf Erstklässler-Niveau vorgenommen: 2+1=3, 3+1=4 – diese Ziffern sind das Datum. Die „1" ist der Kaiser als erster Mann im Reich, die „11" der Monat seiner Abdankung. Darüber hinaus befinden sich auf dem Schriftstück handgeschriebene Hinweise auf Begebenheiten. Zeugen haben dieses Dokument gesehen, nun ist es plötzlich verschwunden. Zudem hatte Ronald Rothmund eine Pressekonferenz angekündigt, auf der er außergewöhnliche Dinge verkünden wollte. Er plante, zu einem finalen Showdown anzusetzen, und hatte wohl aus Freude über seine Erkenntnisse in der Spielbank etwas „Finales" gesetzt. Die Geschichte des 20. Jahrhunderts müsse in Teilen neu geschrieben werden, versprach er in der Einladung an die Journalisten. Kurz bevor er das Geheimnis aufdecken konnte, wurde er umgebracht.

Ein anderer Zeitzeuge, der nicht namentlich genannt werden möchte, stützt diese Vermutung. Er spricht von seltsamen

Ereignissen im Bad Homburger Schloss, die sich im Frühjahr 1931 zugetragen haben sollen. Beide Mordopfer – also auch der zweite Tote, Peter von Löwental – hätten in der Sache recherchiert. Offenbar hat es Kräfte gegeben, die nicht an der Aufdeckung bestimmter Ereignisse interessiert sind. Diese Kreise wollen das Bekanntwerden neuer historischer Erkenntnisse mit aller Gewalt verhindern.

Ist das Spinnerei oder ist tatsächlich Wahres an dieser historischen Spur dran? Hat Dr. Ronald Rothmund die Zahlen aus Übermut gesetzt, weil er am nächsten Tag des Rätsels Lösung verkünden wollte? Und (warum) suchte Peter von Löwental das besagte verschwundene Dokument? Haben die Zahlen 1, 11, 21, 31 eine Bedeutung und was wäre so schlimm an ihrer Entdeckung?
nik.herzberg@hochtaunus-post.de

Nik ist zufrieden mit seinem Artikel, jetzt braucht es nur noch Resonanz. Nun macht er sich zur Besichtigung auf. Er geht durch die Rathausstraße an der Landgraf-Ludwig-Schule vorbei und überquert die Straße in Höhe der Schlossgarage. Dann marschiert er die Herrngasse hinauf Richtung Schloss. Im Innenhof angekommen lässt er den Weißen Turm rechts liegen und dreht nach links zum Café im Vestibül. Es ist zehn vor zwölf. Wenn er Glück hat, kann er noch an der nächsten Führung teilnehmen, die in zehn Minuten beginnt.

Er betritt den kleinen Museumsshop, wo Souvenirs und Spielzeugburgen erhältlich sind. Hier kann er sich auch für die Besichtigung anmelden. Für einen Moment überlegt Nik, ob er seinen Presseausweis zücken soll. Dann entscheidet er sich, als ganz normaler Besucher teilzunehmen und brav seine vier Euro Eintritt zu bezahlen.

Tatsächlich hat er Glück, der Rundgang ist nicht ausgebucht. Er braucht also nicht noch eine Stunde zu warten, bis die nächste Führung startet.

Die Gruppe, die sich zur Besichtigung aufmacht, erweist sich als überschaubar: ein Rentnerehepaar, eine Familie mit zwei kleineren Kindern und zwei ältere Herren. Letztere bezeichnen sich als Hobbyhistoriker. Beide sind Mitglied im örtlichen „Verein für Geschichte und Landeskunde“, wie sie stolz erzählen.

Hinzu gesellt sich eine Dame mittleren Alters mit einem Namensschild. Sie stellt sich den anderen als Frau Sonja Königsmann vor – ihr Name passt schon mal perfekt zum Schloss. Sie wird die Gruppe durch den Flügel führen.

Pünktlich zur vollen Stunde geht die Zufallsgesellschaft los. Sie verlassen das Foyer und bewegen sich in Richtung Schlosshof. Dort erzählt Frau Königsmann die Geschichte von der Zeit, bevor das Schloss errichtet wurde. Sie zeigt auf den frisch renovierten Weißen Turm aus dem 14. Jahrhundert, der seinem Namen wieder alle Ehre macht. Dabei empfiehlt sie den Teilnehmern, dort nach der Führung hinaufzusteigen.

„Es lohnt sich heute, die 174 Stufen hochzulaufen. Bei dem schönen Wetter dürfte die Sicht einmalig sein“, schwärmt sie. „Da können Sie über den Taunus blicken und in der anderen Richtung auch Frankfurt und vielleicht den Odenwald sehen."

Nach diesem Hinweis führt Frau Königsmann die Gruppe weiter in den unteren Innenhof. Sie erzählt von den Goldglocken im Eingangsturm. 1916 wurden sie eingeschmolzen und nie wieder ersetzt. Für einen kurzen Moment hält Nik inne. Wahrscheinlich haben die Verantwortlichen das Gold zur Finanzierung des Krieges benutzt. Es wäre genauso denkbar, dass sich irgendjemand das Gold unter den Nagel gerissen hat. Für eine spätere Story in der Hochtaunus-Post könnte er der Sache auf den Grund gehen. Das Ganze ist rund 100 Jahre her und das wäre zweifellos ein idealer Anlass.

Während er darüber nachdenkt, betritt die Gruppe den Englischen Flügel. Sie gehen die Treppe hoch, bis sie am Zuhause von Landgräfin Elisabeth angekommen sind. Elisabeth war englischer Herkunft und so erhielt der Flügel seinen Namen. Nachdem sie eingetreten sind, ziehen sie sich Stoffpantoffeln über die Schuhe – das schont den hölzernen Fußboden. Innen ist es ein bisschen angenehmer als in der stickigen Hitze draußen, auch wenn die Räume nicht besonders gut isoliert sind. Im Winter kann es drinnen sogar ziemlich kühl sein. Elisabeth hat die kalte Zeit in ihrer Wiesbadener Stadtwohnung verbracht; damals muss es im Schloss wohl noch zugiger gewesen sein.

Sie gehen durch die Räumlichkeiten und Frau Königsmann erzählt aus dem Leben der Landgräfin, die 1840 starb. Nik gefällt die Bibliothek, die allerdings keine Bücher mehr hat. Auch mit der Tafel im Speisezimmer kann er sich anfreunden. Ansonsten ist er froh, in der Gegenwart zu leben. Obwohl Elisabeth schon vor fast zwei Jahrhunderten über eine Toilette mit Wasserspülung verfügte, zieht er seine modernisierte Altbauwohnung vor.

Nach einer Dreiviertelstunde ist der Rundgang beendet. Die Teilnehmer legen die Pantoffeln ab und Frau Königsmann verabschiedet sich. Als Nik die Treppe zum Ausgang herunterschreitet, macht sich bei ihm eine leichte Unzufriedenheit breit. Während der Führung hat er ein paar neue geschichtliche Fakten aufgenommen, was sicher ziemlich interessant gewesen ist. Bei seinen Kriminalrecherchen scheint er jedoch keinen Deut weitergekommen zu sein. Es geht ihm aber ein Bild aus dem Schlafzimmer der Landgräfin durch den Kopf. Das Gemälde hat er irgendwo vor Kurzem schon mal gesehen. Er überlegt, wo ihm das Werk begegnet ist, doch es fällt ihm nicht ein.

Erst als er schon fast zu Hause angekommen ist, schießt es ihm plötzlich durch den Kopf. Ein ähnliches Bild muss ihm gestern in der Wohnung von Xenia Müller ganz flüchtig in die Augen gefallen sein. Es ist nur eine vage Erinnerung, da Kommissar Breitner seinen Besuch abrupt beendet hatte. Handelt es sich bei dem doppelten Bild um eine Kopie oder eine Fälschung?

Xenias Wohnung kann er nach seinen Eskapaden der letzten Tage nicht einfach so aufsuchen. Das würde dieses

Mal richtig Ärger geben. Also muss er die Kripo um „Amtshilfe“ bitten. Wahrscheinlich ist die Sache mit dem Kunstwerk reiner Zufall, womöglich aber bedeutet sie jedoch eine ganz heiße Fährte. Die Spurensicherung ist vermutlich nicht darauf gekommen und Banausen wie Martin Breitner sowieso nicht. Nik greift zum Telefon und wählt Franziskas Nummer. Als sie den Anruf annimmt, erzählt er ihr von den beiden Bildern. Sie sagt ihm, dass sie gerade wegen „des Falls“ im Einsatz ist und nicht selbst der Sache nachgehen kann. Die Kommissarin wird stattdessen die Kriminaltechnik benachrichtigen, damit die sich noch mal in Xenias Wohnung umschaut. Zuvor würden die Kollegen im Schloss vorbeifahren, um sich etwas Expertise zu verschaffen.

21.

Xenia Müller meldet sich weiterhin nicht. Das muss kein Anzeichen dafür sein, dass ihr etwas zugestoßen ist. Ihre Rolle in den Ermittlungen wird nämlich immer undurchsichtiger. Da gibt es die seltsame Entführung, die niemand ihrer Nachbarn in Frankfurt gesehen haben will. Es steht eine lächerliche Lösegeldforderung im Raum, die auf absolute Amateure schließen lässt. Und nun sind in ihrer Wohnung einige gefälschte Kunstobjekte gefunden worden, die an anderer Stelle als Originale hängen. Die

Spurensicherung hatte nämlich Glück und bei dem Abstecher ins landgräfliche Schloss eine kompetente Person angetroffen: Frau Königsmann, die zuvor den Rundgang mit Nik Herzberg und den anderen Teilnehmern durch den Englischen Flügel geführt hatte.

In der Wohnung von Xenia Müller angekommen, identifiziert die Spurensicherung noch ein paar andere Nachahmungen aus dem Bad Homburger Schloss. Ganz nebenbei stellt sich heraus, dass Xenia früher eine Kollegin von Frau Königsmann war und selbst Führungen durch die Gemächer geleitet hat. Mit dem Stundenlohn hätte sie sich ihr Studium finanziert, heißt es. Doch die Kriminalbeamten vor Ort haben noch einen ganz anderen Verdacht. Was ist, wenn es sich bei den Kunstobjekten in der Wohnung gar nicht um Nachahmungen handelt? Sind es dann die Originale, während sich die Fälschungen im Schloss befinden? Gelegenheit zum Austausch der Exponate wäre jedenfalls ausreichend vorhanden gewesen, Xenia hatte Zugang zu den Schlüsseln der Räumlichkeiten. Das müssen später die Kollegen vom Betrugsdezernat gemeinsam mit Kunstexperten beurteilen. Jetzt hat das Auffinden der Vermissten höchste Priorität!

In der Zwischenzeit trifft sich Franziska mit Nik. Auch er wird von dem familiären Zusammenhang überrascht: Georg Müller ist der Vater von Xenia. Das wäre ihm spontan nicht in den Sinn gekommen, obwohl er van Gogh seit Jahren kennt und von einer Tochter weiß. Franziska hofft, durch den szeneerfahrenen Nik weitere Informationen zu erhalten. Es beschäftigt sie die Frage, wer die Fälschungen produziert hat. Während sie darüber nachdenkt, kommt ihr ein naheliegender Verdacht. Xenias Vater Georg Müller besaß bekanntlich eine Galerie. Handelte er etwa mit Fälschungen statt mit Originalen?

„Es gab da immer mal wieder Gerüchte“, erinnert sich Nik. „Nichts Konkretes. Doch es hieß, beim Müller kannst du sogar die Mona Lisa kaufen, obwohl jeder weiß, dass die im Louvre hängt.“

„Also hat er eine Fälscherwerkstatt betrieben?“ Franziska will es genauer wissen.

„Ausgesprochen hat das keiner. Aber wer was ganz Bestimmtes suchte, war beim van Gogh wohl in ziemlich guten Händen. An den meisten Gerüchten ist immer ein Körnchen Wahrheit dran.“

„Gut, dann werde ich ihm jetzt einen neuerlichen Besuch abstatten. Mal sehen, was wir angesichts der veränderten Indizienlage aus ihm herauskriegen.“

„Darf ich Sie begleiten?“, fragt Nik, obwohl er die Antwort erahnt.

„Sie bleiben erst einmal im Auto vor dem Haus“, entscheidet die Kommissarin resolut. „Ich kann ja keine Vernehmung in Anwesenheit der Presse veranstalten.“

Es braucht gar kein großes Verhör. Als er beim neuerlichen Hausbesuch der Kommissarin auf die Fälschungen angesprochen wird, gibt sich Georg Müller gleich geläutert.

„Sie sind mir auf die Schliche gekommen. Es macht wohl keinen Sinn mehr, zu lügen", seufzt er, nachdem sich beide wieder auf dem Wohnzimmersofa niedergelassen haben. „Ich muss Ihnen ein Geständnis machen, Frau Fröhling."

„Dann packen Sie mal der Reihe nach aus", antwortet Franziska.

„Nun, ich bin tiefer in die Sache verwickelt, als Sie denken", beginnt er zu erzählen. „Sie wissen um meine geschäftliche Vergangenheit. Ja, ich habe eine Galerie betrieben. Erfolgreich, das dachten zumindest die Leute in Homburg. In Wirklichkeit hatte ich kein gutes Händchen für den An- und Weiterverkauf von Gemälden. Im Grunde wäre der Laden früher oder später pleite gewesen. Durch Zufall baute ich mir dann ein zweites Standbein auf. Als ich Bilder für das Schloss restauriert habe, bin ich auf die Idee gekommen: Malen kann ich gut und da habe ich dann das eine oder andere Original kopiert; nur für den Privatgebrauch, versteht sich. Eines Tages konnte ich dann meine Rechnungen nicht mehr bezahlen. Da ergab es sich durch Zufall, dass ich einen Abnehmer für meine Werke gefunden habe. So bin ich eben immer tiefer in die Geschichte hineingeraten. Im Grunde war das eine sichere Sache. Ich habe weitgehend unbekannte Künstler nachgemacht, die von der Allgemeinheit gar nicht wahrgenommen werden. Letztlich schert es doch sowieso keinen, was da bei den Leuten im Wohnzimmer hängt."

„Okay", meint Franziska. „Darum werden sich die Kollegen kümmern, die sich tagtäglich mit Fälschungen beschäftigen. Was hat das nun in aller Welt mit den beiden Morden und der Entführung von Ihrer Tochter zu tun?"

„Irgendwann war ich mir der Sache zu sicher. Schließlich hat es nie ein Problem gegeben. Dann habe ich die Bodenhaftung verloren und spaßeshalber Dinge nachgemacht, auch um andere zu beeindrucken. Die Fälschungen zum Beispiel, die Sie bei meiner Tochter entdeckt haben. Aber ebenso andere Sachen wie Urkunden und historische Dokumente. Mit einer solchen Urkunde bin ich eines Tages bei der Weinverkostung von Dr. Rothmund aufgetaucht. Es handelte sich um eine fiktive Einladung zu einem Fest im Homburger Schloss zu Ehren des Kaisers. Eigentlich sollte es nur ein Jux sein, doch der Doktor ist gleich darauf angesprungen. Der zeigte sich richtig begeistert und ließ gar nicht mehr locker. Es gibt viele Verrückte, die hinter so alten Gegenständen her sind. Bei Auktionen zahlen die viel Geld für Militaria, alte Naziorden, Uniformen oder Dokumente. Als ich das Leuchten in Rothmunds Augen sah, habe ich ihm gesagt, ich könnte noch mehr von diesen Dingen auftreiben. Irgendwann kam mir dann diese blöde Idee mit dem Schriftwechsel zwischen Kaiser Wilhelm II. und dem Reichspräsidenten von Hindenburg. Sie verabredeten in den von mir erdachten Briefen die Rückkehr des Kaisers auf den Thron. Im Frühjahr 1931."

„Lassen Sie mich raten", unterbricht ihn Franziska. „Das hat er für bare Münze genommen und dann wollte er der Welt eine historische Sensation präsentieren."

„Ja, so war es", bestätigt Müller. „Ähnlich wie damals bei den Hitler-Tagebüchern. Um die Sache glaubwürdiger zu machen, hatte ich noch den alten Schauspieler, den Herrn Oppermann, als eine Art Zeitzeugen engagiert. Das ist dann völlig aus dem Ruder gelaufen. Er sollte doch nur einmal die Geschichte erzählen und seitdem geht er in der ganzen Stadt damit hausieren. Dieser Blödmann macht daraus die Rolle seines Lebens. Dem Herzberg von der Hochtaunus-Post hat er auch die Story aufgebunden. Jedenfalls wäre die ganze Sache sofort aufgeflogen, wenn Dr. Rothmund seine Pressekonferenz abgehalten hätte. Ich hatte mich bei der Fälschung nicht einmal um altes Papier bemüht. Das hätten die Journalisten doch als Erstes überprüft. Am Ende wäre ich meine Reputation und mein ganzes Vermögen losgeworden. Jeder, der bei mir etwas gekauft hat, hätte doch sofort sein Geld zurückverlangt. Deshalb habe ich Herrn Rothmund bekniet, es nicht an die große Glocke zu hängen und die Pressekonferenz nicht abzuhalten. Aber er ließ sich nicht davon abbringen."

„Dann haben Sie ihm im Kurpark aufgelauert und ihn kaltgemacht."

„Jeden Dienstag besucht er bis Mitternacht die Spielbank. Also habe ich auf ihn gewartet. Ich wollte ihn nur zur Rede stellen, ihn unschädlich machen, damit er die Pressekonferenz nicht abhalten konnte. Glauben Sie mir, ihn umzubringen, daran habe ich nicht im Traum gedacht."

„Was ist dann passiert, wie ist es zu dem Mord oder Totschlag gekommen?"

„Plötzlich lief alles wie im Film ab. Ich hörte schon seine Schritte. Auf einmal gab es ein mechanisches Knacken und darauf ein Stöhnen."

„Ein Schuss mit einem Schalldämpfer", wirft Franziska ein und sieht ihre Vermutung bestätigt.

„Ich blieb stehen und beobachtete, wie eine dunkle Gestalt einen Körper in Richtung Teich rollte und sich aus dem Staub machte", fährt Georg Müller fort. „Ich ging weiter und sah Dr. Rothmund am Ufer liegen. Die Brieftasche mit dem Geld lag auf dem Pfad. Die habe ich an mich genommen. Es war ein Reflex, der aber zur richtigen Zeit kam. Bin nämlich gerade knapp bei Kasse. Das große Haus verschlingt immense Summen für die Unterhaltung. Mittlerweile regnet es durch das Dach hinein. Für die Reparatur kann ich jeden Cent gebrauchen."

„Wo ist das Geld jetzt?", fragt Franziska. „Und – falls Ihre Aussage stimmt – haben Sie den Mörder denn erkannt?"

„Nein, habe ich nicht. Es war ja tiefste Nacht. Auch wenn es kaltherzig klingt, ich gebe offen zu, ich war über den Tod von Dr. Ronald Rothmund erleichtert. Er hätte mich am nächsten Tag ans Messer geliefert."

„Was ist mit dem zweiten Mord? Sie haben doch sicher auch nach dem gefälschten Briefwechsel zwischen Kaiser und Reichspräsident gesucht?"

„Erst mal nicht, die Gefahr war ja nicht mehr akut. Ich wusste gar nicht, dass dieser von Löwental in seinem Magazin daraus eine große Serie mit Herrn Rothmund gemacht hat. Davon erfuhr ich nach dem zweiten Mord. Und damit habe ich wirklich nichts zu tun. Ich bin noch nicht mal in der Nähe gewesen und von Herrn von Löwental hatte ich vorher nie gehört. Sie werden lachen, ich war am Abend seines Todes in der Spielbank und habe versucht, das geraubte Geld zu vermehren."

„Werden wir auch überprüfen. Und die Entführung Ihrer Tochter?"

„War nur vorgetäuscht. Als Herr Herzberg an der Uni auftauchte, hat Xenia gespürt, wie sich die Schlinge langsam zuzieht. Also haben wir ein kleines Ablenkungsmanöver inszeniert. Sie hatte ja E-Mail-Kontakt mit den beiden Mordopfern gehabt und häufiger mit ihnen telefoniert. Das ist ja heutzutage für die Polizei ganz leicht rauszukriegen. Wir haben uns absichtlich verdächtig gemacht, weil Sie hinterher sowieso den wahren Täter gefunden hätten. Mit dieser Strategie wollten wir Zeit gewinnen, bis Gras über die Fälschergeschichte wächst. Sobald der Mörder dann ermittelt sein würde, dürfte die Sache keinen mehr interessieren, dachten wir. Ist im Nachhinein keine gute Idee gewesen. Und leider haben wir auch vergessen, die Bilder aus Xenias Wohnung zu entfernen."

„Und der gestohlene Wagen, aus dem das Lösegeld entgegengenommen wurde?"

„Da habe ich meine Kontakte ins Milieu spielen lassen. Es sollte bei der Entführung alles echt aussehen. Nur die 150 000 Euro hat es nie gegeben. Die Übergabe war gespielt, spontan, eigens für Sie und Ihren Kommissarkollegen, weil ich gesehen habe, wie Sie unser Haus beobachteten."

„Wo ist Ihre Tochter jetzt?", erkundigt sich Franziska.

„In einer kleinen Hütte im Taunus, die ich ab und an mit meinen Jagdfreunden nutze. Allerdings bin ich in Sorge, weil sie sich immer noch nicht gemeldet hat."

„Beschreiben Sie uns, wo die Hütte liegt. Wir wollen keine Zeit verlieren und fahren sofort hin. Ich will nichts beschreien, aber unter Umständen ist Xenia in Gefahr! Wenn Sie tatsächlich nicht der Mörder sein sollten, läuft der wahre Täter noch frei herum."

„Meinen Sie wirklich?", fragt Georg Müller mit kleinlauter Stimme. „Ich wollte meine Tochter nicht gefährden."

„Für Reue ist es ein bisschen spät", belehrt ihn Franziska. „Wir müssen jede erdenkliche Möglichkeit in unsere Ermittlung einbeziehen. Sie begleiten uns und unterwegs können Sie darüber nachdenken, wer noch die Hütte kennt."

„Das sind sehr viele, ich habe dort auch schon Partys mit Zelt und Catering gefeiert."

„Dann überlegen Sie mal, wen Sie alles mit Ihren Werken beliefert haben. Womöglich befindet sich ja der Mörder oder die Mörderin darunter."

22.

Franziska informiert Martin Breitner und ordert ein Einsatzkommando. Dann fährt sie mit Nik Herzberg und Georg Müller zur Jagdhütte. Der Zielort ist ungefähr acht Kilometer vom Bad Homburger Stadtzentrum entfernt, es geht zunächst in Richtung Saalburg. Die Kommissarin gibt Vollgas mit Blaulicht und Martinshorn, um so schnell wie möglich dort anzukommen.

In der Nähe des nachgebauten Römerkastells treffen sie auf Martin Breitner und das Einsatzkommando. Mit zwei Fahrzeugen verlassen sie kurz hinter dem Gasthof die eigentliche Straße. Franziska steuert den Wagen einen Nutzweg entlang, der für den normalen Verkehr gesperrt ist. Die Ton- und Lichtsignale haben sie schon beim Eintreffen an der Saalburg ausgeschaltet. Sie wollen keine Wildtiere verschrecken und schon gar nicht die etwaigen Entführer von Xenia auf sich aufmerksam machen. Nach einem knappen Kilometer gibt Beifahrer Georg Müller das Zeichen zum Abbiegen und Franziska steuert das Fahrzeug bergauf in den Wald – wo Wanderer, Mountainbiker und Reiter ihr Revier haben. Bis zur Hütte sind es noch knapp anderthalb Kilometer und die Wege werden enger.

„Im Sommer geht das alles problemlos“, meint Müller. „Nur im Herbst und Frühjahr wird das eine ziemlich morastige Angelegenheit, vom Winter ganz zu schweigen. Wenn Eis und Schnee liegt, wird es …“

„Halten Sie bitte keine Volksreden“, unterbricht ihn Franziska. „Sagen Sie mir lieber, wo wir stoppen müssen, bevor wir gesehen werden.“

Der grüne Mini passt sich zwar dem Wald an, doch eine wirkliche Tarnung ist das nicht – schon gar nicht auf kurze Distanz. Die anderen blau-weißen Fahrzeuge sind ohnehin weithin sichtbar. Auch wenn Eile geboten scheint, hat die Kommissarin das Tempo der leicht unebenen Strecke angepasst. Knapp zwei Minuten später erreichen sie eine Lichtung. Kurz vorher halten sie an und steigen aus, um sich unbemerkt anpirschen zu können. Sie wissen nicht, was sie gleich erwartet. Angesichts der zu spürenden Anspannung fühlen sie die angenehmeren Temperaturen nicht. Hier im höher gelegenen Wald ist es kühler und frischer als in der Stadt, wo die Luft zu stehen scheint.

„Da oben ist die Hütte. Von dieser Stelle aus ist sie noch nicht zu sehen. Es sind von hier noch knapp 300 Meter“, zeigt Georg Müller. „Wir brauchen nicht über die Lichtung zu gehen, sondern können uns auch durch den Wald dorthin begeben.“

Im Schutz der Bäume nähern sie sich der Hütte. Die letzten hundert Meter sind freies Feld. Kurz bevor sie die bewaldete Zone verlassen, hält die Gruppe an. Franziska gibt Instruktionen, während sie ihre Dienstpistole entsichert. Martin Breitner tut es ihr gleich.

Von außen betrachtet, scheint es in der Hütte friedlich zuzugehen. Befinden sich dort tatsächlich Personen drin? Franziska und ihr Begleiter beschließen, sich erst einmal allein anzuschleichen, um die Lage unauffällig zu sondieren. Das Einsatzkommando bleibt zunächst im Hintergrund – allerdings startklar, sofern die Erkundungsaktion schiefgehen sollte. Nik Herzberg und Georg Müller wird eingeimpft, im Schutz der Bäume zu warten. Ohnehin können die beiden nichts tun. Andernfalls würden sie sich und die anderen in Gefahr bringen.

Noch bewegen sich die zwei Kriminalkommissare in der Deckung. Der Wald schließt die Hütte von drei Seiten ein. Sie laufen halb um das Holzhäuschen herum. Jetzt sind sie in einer guten Position, denn die Hütte ist auf der hinteren Seite fensterlos. So können sie sich anschleichen, ohne gesehen zu werden.

Sekunden später haben sie die Rückseite der Hütte erreicht. Fast lautlos bewegen sie sich an der seitlichen Wand bis zu einem Fenster. Während Franziska ihn absichert, geht Martin Breitner voran. Vorsichtig wirft er einen Blick durch das Glas.

Drinnen gibt es nur einen einzigen Raum, den er einsehen kann.

„Eine weibliche Person sitzt auf einem Stuhl", gibt er seine Beobachtung kaum hörbar weiter. „Sie scheint an einen Balken gefesselt zu sein."

„Befindet sich sonst noch jemand im Raum?", fragt Franziska.

„Es ist niemand zu sehen."

„Wir marschieren rein!"

„Ich gebe dem Einsatzkommando kurz ein Signal, damit sie uns folgen."

Kurz darauf rüttelt Breitner an der Tür, sie ist verschlossen. Das Schloss lässt sich jedoch mit einem Brecheisen schnell aufhebeln. Einer der Beamten legt Hand an und Sekunden später öffnet sich die Tür. Franziska und ihr Kollege treten mit der Waffe im Anschlag in den Raum.

„Niemand sonst da", stellt Breitner fest und steckt die Pistole ein. „Dann wollen wir mal unseren Gast von der Tortur befreien."

Er geht mit Franziska auf die Frau zu, die mit stammelnden Lauten auf sich aufmerksam macht. Sie ist geknebelt und es wurden ihr die Augen verbunden. Vorsichtig zieht der Kommissar den Knebel ab, während Franziska die Augenbinde abnimmt und die Fesseln löst.

Das Opfer hustet lautstark und intensiv mit einem Brechreiz. Der Knebel hat seine Wirkung hinterlassen.

„Welch eine Überraschung", meint Franziska Fröhling. „Maja Gruber, meine allerliebste Freundin. Ich wusste gar nicht, dass du auf Fesselspiele stehst."

Nur langsam erholt sich Maja von ihrer Hustenattacke.

„Wenn ich könnte, würde ich dich gleich wieder festbinden“, frotzelt Franziska. „Leider wäre das dann wohl Freiheitsberaubung. Gut, dann spuck mal aus, wie du in diese missliche Lage gekommen bist.“

Maja ringt immer noch ein wenig nach Atem und versucht tief Luft zu holen.

„Ich war daheim, als ich einen Anruf erhielt“, antwortet sie ziemlich aus der Puste. Maja ist nach wie vor mitgenommen. „Es war eine verzerrte Stimme. Doch sie kam mir irgendwie bekannt vor, auch wenn ich nicht weiß, ob es ein Mann oder eine Frau war. Mir wurde Geld angeboten, wenn ich bestimmte Unterlagen aus dem Nachlass von Herrn Dr. Rothmund beschaffe. 300 000 Euro.“

„Und dann bist du auf die schiefe Bahn geraten.“

„Sicher, die Sache ist nicht ganz legal. Aber bei der Summe bin ich schwach geworden. Ich weiß ja auch nicht, wie es jetzt mit mir beruflich weitergeht. Das Institut wird es wohl nicht mehr weiter geben.“

„Was waren das für Unterlagen?“

„Es klingt banal. Ein Lottoschein und ein Vertrag.“

„Was für ein Vertrag?“, will Franziska wissen.

„Eine ziemlich langweilige Angelegenheit“, erzählt Maja. „Ein Vertrag über eine Lotto-Tippgemeinschaft.“

„Wie bist du an die Dinge gelangt? Du hattest doch gar keinen Zugang mehr. Das Kellerarchiv ist mittlerweile versiegelt und alles Wichtige aus der Wohnung und dem Institut haben wir als Beweismaterial mitgenommen.“

„Dr. Rothmund hatte mir einige wichtige Unterlagen zur privaten Aufbewahrung gegeben. Darunter befand sich der Schein."

„Und danach hast du dich mit der ominösen Person getroffen ..."

„Ich sollte die Summe unweit der Saalburg erhalten, wenn ich den Schein und den Vertrag übergebe. Also bin ich da hingefahren und habe das Auto abgestellt."

„Und dann?"

„Danach weiß ich nicht mehr, was geschah. Ich muss attackiert worden sein und ich glaube, ich wurde gewürgt, bis ich weggetreten war. Irgendwann fand ich mich hier in der Hütte wieder."

„Wenn das stimmen sollte, hast du riesiges Glück gehabt. Eigentlich haben wir jemand anderes gesucht. Eine Xenia Müller. Kennst du sie, hast etwas von ihr gehört oder sie gesehen?"

„Ich kenne sie von früher aus der Uni. Seitdem habe ich sie nicht mehr gesehen. Wir hatten sowieso kaum Kontakt. Wieso fragst du? Wird sie vermisst?"

„So ist es. Die Hütte hier gehört ihrem Vater. Sie sollte sich eigentlich gerade hier aufhalten."

Für einen kurzen Moment ist es still.

„Du, Franziska", sagt Maja mit freundlichem Unterton. „Danke!"

Franziska nickt ihr stumm zu. Als kleine Geste der Versöhnung legt sie ihren Arm kurz auf Majas Schulter und wendet sich den anderen zu.

Martin Breitner hat telefoniert und ihr ein Zeichen mit den Fingern gegeben. Das ist immer sein Signal, wenn er wichtige Neuigkeiten weiß.

„Wir wissen jetzt mit großer Wahrscheinlichkeit, woher das Gift kommt, das injiziert wurde", sagt er. „Es gibt in ganz Bad Homburg nur einen Abnehmer."

Er grinst die anderen an und zelebriert seinen Wissensvorsprung.

„Es handelt sich um einen Dr. Reinhold Koch-Wegener von der Bad Homburger Klinik", verrät Breitner. „Wie ich erfahren konnte, hat er heute Dienst."

Nik ist inzwischen entgegen der ursprünglichen Anweisung zur Hütte gekommen. Er hat zugehört und es macht klick. In Gedanken rekapituliert er seinen Krankenhausaufenthalt. Im Nachhinein fährt ihm der Schock in die Glieder. Das Einzelzimmer, das er bekommen hatte, war kein Zufall. So ist er dort die ganze Zeit unter der Obhut von Dr. Koch-Wegener gewesen. Der konnte ihn, den Nichtsahnenden, aushorchen. Und je nachdem, was Nik preisgab, hätte er von ihm um die Ecke gebracht werden können. Hatte der Arzt nicht zugegeben, Dr. Rothmund und Herrn von Löwental zu kennen? Aber warum ausgerechnet Dr. Koch-Wegener? Was war sein Motiv?

„Zwei Polizisten bleiben hier, falls Xenia doch noch auftaucht", weist Franziska ihre Kollegen an. „Außerdem können sie die Hütte bewachen, bis die Spurensicherung kommt. Die übrigen fahren mit mir zur Klinik nach Bad Homburg. Dort können wir dann Dr. Koch-Wegener befragen und Maja praktischerweise gleich zur Untersuchung abliefern."

Dann geht sie mit den anderen hinab zu der Stelle, wo Georg Müller wartet.

„Ist meine Tochter in Ordnung?", will er wissen.

„Sie ist nicht hier", sagt Franziska kopfschüttelnd. „Aber wir haben eine ganz neue Spur."

23.

Die Polizisten sind auf den Hof des Krankenhauses in Bad Homburg gefahren. Franziska Fröhling und Martin Breitner gehen zum Empfang und fragen, wo sie Dr. Koch-Wegener finden können.

„Bedaure", sagt der Mann hinter dem Counter. „Dr. Koch-Wegener ist heute Mittag nicht zur Arbeit gekommen. Er hätte ab 15 Uhr seinen Samstagsdienst antreten müssen."

„Sind Sie ganz sicher?", fragt Franziska.

„Ganz sicher, er muss sich elektronisch ausweisen. Das hat er heute nicht gemacht. Gestern Nacht hat er die Klinik um 1:43 Uhr verlassen und seitdem war er nicht mehr hier."

„Hat er mitgeteilt, warum er nicht da ist?", fragt Franziska.

„Nein, er ist einfach nicht erschienen. Es hat aber auch bislang keiner von der Klinikleitung nachgefragt. Eventuell hat er sich einfach nur verspätet und taucht gleich auf."

„Gut, dann geben Sie uns bitte seine Adresse und seine Telefonnummer. Auch mobil."

„Ich weiß nicht, ob ich das darf."

„Sie dürfen", weist ihn Franziska mit energischem Ton an. „Wir ermitteln in zwei Mordfällen und es scheint gerade Gefahr im Verzug zu sein."

Ein wenig verunsichert notiert der Mann die geforderten Dinge. Dann reicht er Franziska den Zettel.

„Er wohnt am Römischen Hof", erklärt Franziska, während sie sich mit Martin Breitner und vier Kollegen schnell zurück zu den Fahrzeugen bewegt. „Sie bleiben beide hier", zeigt sie auf Nik Herzberg und Georg Müller.

Beide protestieren, weil sie nicht dabei sein dürfen.

„Hier geht es um Leben und Tod", klärt sie auf. „Das kann gleich ziemlich gefährlich werden. Da müssen wir auf uns selbst aufpassen und können keine Zuschauer schützen."

„Aber meine Tochter ist in höchster Not", wirft Georg Müller ein. „Und eben gerade im Wald durften wir ja auch ..."

„Im Wald konnten Sie sich hinter den Bäumen verstecken", entgegnet sie. „Ich rufe Sie an, sobald wir mehr über Xenia wissen."

Dann wendet sie sich Nik zu.

„Bevor es losgeht, verraten Sie mir noch, ob Dr. Koch-Wegener eine Familie hat. Wir müssen ja vorsichtig sein, wenn wir die Wohnung stürmen."

„Soweit ich weiß, lebt er getrennt", antwortet Nik. „Seine Familie wohnt nicht in Bad Homburg."

„Danke." Sie steckt das Blaulicht aufs Dach. Sekunden später fahren der Mini und das Polizeiauto mit lauter Sirene los. Über den Südring sind sie schnell da. Sie stellen die Fahrzeuge direkt vor dem Haus ab, steigen aus und eilen auf den Hauseingang zu. Breitner holt tief Luft, drückt auf die Klingel; nichts passiert. Er drückt noch mal, wieder geschieht nichts.

Danach gibt er Franziska ein Zeichen, imitiert dabei ein Telefongespräch und zeigt nach oben. Sie hat verstanden und ruft bei Dr. Koch-Wegener an. Sowohl mobil als auch auf dem Festnetz ist nur die Mailbox zu hören. Dann drückt Breitner auf die anderen Klingeln.

„Ja, hallo …?", meldet sich eine schüchterne Frauenstimme.

„Kriminalpolizei!", ruft der Kommissar, während er seine Polizeimarke in die Kamera hält. „Bitte öffnen Sie uns und halten sich in Ihrer geschlossenen Wohnung auf. Wir informieren Sie, wenn die Aktion vorbei ist."

Es dauert ein paar Sekunden, bis der Summton ertönt. Viele Menschen erstarren zunächst, sobald sie sich von einem Moment auf den anderen im Mittelpunkt eines Polizeieinsatzes befinden. Meist handeln sie in der Folge paralysiert und mechanisch, so auch hier. Die Haustür öffnet sich mit kurzer Verzögerung und die Polizisten rennen ins Treppenhaus. Vor Dr. Koch-Wegeners Wohnung angekommen, halten sie kurz inne. Seine Wohnungstür ist geschlossen. Sie scheint jedoch nicht verriegelt zu sein und innen steckt kein Schlüssel.

In Sekundenschnelle haben die Ordnungshüter das Schloss der Tür geknackt. Zwei Kollegen stürmen mit der Waffe voraus hinein. In der Diele befindet sich niemand. Dann kämmen sie die einzelnen Zimmer durch.

„Hände hoch!", schreit einer der Polizisten, als er das Wohnzimmer betritt.

Eine Person sitzt in einem Sessel, sie kommt der Aufforderung nicht nach. Bei näherem Hinsehen wirkt sie leblos.

„Alles klar?", ruft Martin Breitner fragend aus der Diele. Er hat in der Zwischenzeit mit Franziska die anderen Räume durchkämmt. Sie haben keine weiteren Personen entdeckt.

„Alles im Griff!", lautet die Antwort. „Wir haben hier einen Toten oder Schwerverletzten."

Franziska Fröhling und Martin Breitner treten ein. Sie gehen auf den Mann im Sessel zu, der sich nicht mehr bewegt. Der Kommissar berührt ihn am Arm.

„Exitus", stellt Breitner fest. „Nummer drei, Dr. Reinhold Koch-Wegener. Der Täter kann nicht weit sein. Die Leiche ist noch warm."

Während er die Nummer der Gerichtsmedizin wählt, zuckt Dr. Koch-Wegener und schreckt auf. Auch die anderen Anwesenden sind erschrocken. Der Totgeglaubte lebt!

„Sorry", stammelt Breitner. Er muss sich angesichts der Wiederauferstehung erst einmal wieder finden. „Wir dachten, Ihnen sei etwas zugestoßen. Haben Sie das Klingeln und unsere Anrufe nicht gehört?"

„Nein, mir geht es gut", sagt Dr. Reinhold Koch-Wegener, der immer noch ein bisschen zittert. „Ich bin gestern sehr spät vom Dienst nach Haus gekommen. Kurz vor zwei Uhr in der Früh. Der Tag ist sehr anstrengend gewesen, irgendwie konnte ich dennoch nicht einschlafen. Ich bin einfach zu aufgedreht gewesen. Erst als es schon hell war, habe ich ein bisschen Ruhe gefunden. Entsprechend müde fühlte ich mich und ich muss gerade ein wenig weggeschlummert sein. Ist mir jetzt ein bisschen unangenehm, ich müsste schon im Krankenhaus sein."

„Herr Dr. Koch-Wegener", betont Martin Breitner, der sich wieder gefasst hat. „Kommen wir zur Sache. Wir sind nicht als Weckdienst hier, sondern wir haben da einen Verdacht. Gegen Sie!"

„Gegen mich?", fragt der Arzt entsetzt.

„Bei den Morden in dieser Woche ist Gift eingesetzt worden, das in Bad Homburg nur von einer Person bestellt wurde. Von Ihnen. Es handelt sich um Aconitin."

„Ja, das stimmt. Allerdings bin ich nicht der Einzige, der dieses Gift besitzt. Wir probieren damit in der Rheuma-Behandlung unterschiedliche Dosierungen aus. Ich habe der Klinikleitung gemeldet, dass eine Packung vor einigen Wochen gestohlen wurde. Eine entsprechende Meldung ging an die Polizei. Deshalb hatte ich kein schlechtes Gewissen, als ich über Herrn Herzberg erfahren habe, welches Gift bei den Morden verwendet wurde. Ich dachte, Sie wüssten von meiner Anzeige und hätten daraus Ihre Schlüsse für die Mordfälle gezogen."

Derweil klingelt Franziskas Smartphone.

„Sie schon wieder ...?", seufzt sie, als sie den Anruf entgegennimmt. „Ich habe Ihnen doch gesagt, ich melde mich."

„Es ist dringend", hört sie Nik Herzberg am anderen Ende der Leitung. „Ich weiß jetzt, wer der Täter ist."

„Also wenn Sie jetzt wieder mit Ihren Kaisertheorien kommen, lassen Sie's ..."

„Nein, es ist ernst. Ich hatte für die Samstagsausgabe einen Artikel über die Zahlen geschrieben, die Dr. Ronald Rothmund in der Spielbank gesetzt hat."

„Und?", entgegnet Franziska leicht genervt.

„Es hat sich gerade jemand bei mir gemeldet, dem die Zahlen aufgefallen sind: ein Mitarbeiter der Lottozentrale. Die Zahlen befinden sich in verschiedenen Kombinationen auf einem Lottoschein, der in Bad Homburg abgegeben wurde. Eine Kombination ist am letzten Wochenende ein absoluter Volltreffer gewesen. Sechs Richtige mit Superzahl. Über acht Millionen Euro waren im Jackpot."

„Ja, dann herzlichen Glückwunsch an den Gewinner", entgegnet Franziska mit säuerlicher Ironie. „Was hat das mit unserem Fall zu tun?"

„Raten Sie mal, wer gestern die Quittung eingeschickt hat …?“

Franziska staunt nicht schlecht, als sie den Namen vernimmt. Das hätte sie nicht erwartet. In Verbindung mit Maja Grubers Entführung und ihrer Aussage über die Tippgemeinschaft ergibt sich ein eindeutiges Motiv.

„Wir fahren hin!“

Bevor sie auflegt, teilt sie ihm noch mit, dass Dr. Koch-Wegener vermutlich nicht der Täter sein kann. Nik fühlt sich erleichtert, weil er im Krankenhaus nicht in Gefahr gewesen war. Denn die Vorstellung, dass sein Arzt ein Serienmörder ist, hatte bei ihm für ein mulmiges Gefühl gesorgt. Das Einzelzimmer war dann wohl Zufall.

„Spielen Sie eigentlich Lotto, Herr Dr. Koch-Wegener?“, fragt Franziska.

„Ja“, antwortet der Mediziner überrascht.

„Etwa in einer Tippgemeinschaft mit den Herren Rothmund und von Löwental?“

„Genau, wir sind früher hier in Bad Homburg gemeinsam zur Schule gegangen. Daher kennen wir uns. Die ganze Lottospielerei war nur ein Spaß. Wir hatten uns im Suff vorgenommen, den Jackpot zu knacken. Hat aber nie geklappt. Am Wochenende haben wir wohl einen kleinen Gewinn eingefahren. Jedenfalls sagte das Herr Rothmund auf meiner Mailbox. Ich konnte ihn vor seinem Tod nicht mehr zurückrufen und weiß gar nicht, wie viel wir gewonnen haben. Woher haben Sie von der Tippgemeinschaft erfahren?“

„Ich glaube, das wollen Sie gar nicht so genau wissen. Jedenfalls haben Sie offensichtlich zweimal richtig Schwein gehabt. Einmal, weil Sie den Volltreffer gelandet haben, und das zweite Mal, weil Sie den Gewinn auch noch erleben werden. Vermutlich sind Sie das potenzielle Opfer Nummer drei."

Mit Niks Erkenntnis zieht sich die Schlinge zu, der Mörder scheint identifiziert. Auch das Motiv wird langsam klar. Franziska Fröhling hatte ihn eigentlich nicht in Verdacht gehabt. Sie ist umso überraschter, wie sie diesem Menschen so mir nichts, dir nichts auf den Leim gehen konnte.

Bevor sie zuschlagen und den Täter festsetzen können, erreicht sie noch eine gute Kunde. Es klärt sich nämlich eine andere Sache auf. Seit gestern hat Xenias Verschwinden ihrem Vater große Sorge bereitet und die Polizei auf Trapp gehalten. Jetzt gibt es plötzlich Entwarnung. Xenia taucht wieder auf und es beantworten sich so einige wichtige Fragen.

Sie fuhr wie geplant zur Jagdhütte im Taunus. Doch ihr Ziel konnte sie gar nicht erreichen, sie wurde unterwegs durch eine Autopanne gestoppt. Der alte Wagen ratterte, ließ sich nicht mehr beschleunigen und kam zum Stillstand. Aus dem Maschinenraum trat eine Flüssigkeit aus – das typische Los eines Fahrzeugs, das schon zwanzig Jahre auf dem Buckel hat. Sie wollte Unterstützung rufen, doch ärgerlicherweise funktionierte ihr Ersatzhandy nicht. Erst befand sie sich in einem Funkloch, dann streikte auch noch der Akku, weil er sich geleert hatte. So war sie völlig von der Außenwelt abgeschnitten. Da auf dem von ihr befahrenen Feldweg keinerlei Hilfe zu erwarten war, ging sie gezwungenermaßen zu Fuß zurück. Rund zwei Stunden bewegte sie sich auf Schusters Rappen ins Tal und stieß dabei den einen oder anderen Fluch aus.

Wieder in der Zivilisation angelangt, rief sie ihren Vater von einer Gaststätte aus an und gab ein Lebenszeichen von sich. Von Georg Müller fällt eine Zentnerlast ab. Er ist erleichtert, ihr ist nichts passiert. Sofort informiert er Franziska Fröhling über das glückliche Ende der Irrfahrt. Möglicherweise war die Autopanne ein Wink des Schicksals für seine Tochter; in der Jagdhütte hätte sie in große Schwierigkeiten kommen können. Die Konsequenzen möchte er sich nicht ausmalen, wenn sie dem Täter in die Arme gelaufen wäre …

Nachdem Xenia unversehrt wieder da ist, kommt Licht ins Dunkel und ein paar andere Rätsel sind schnell gelöst. Dafür, dass Peter von Löwental sie angerufen hatte, bevor er ermordet wurde, gab es eine einfache Erklärung. Er wollte von ihr wissen, ob sie eine Ahnung hat, wo sich die Lottoquittung befindet. Schließlich hatte sie sich sehr oft mit Ronald Rothmund ausgetauscht. Von Löwental war der Meinung, sie könnte deshalb entsprechende Informationen besitzen. War aber nicht so. Und: Der Grund, warum Xenia und Dr. Rothmund zuletzt so intensiv miteinander kommuniziert haben, ist einfach. Sie hatte sich einen Job an seinem Institut erhofft.

Auch Nik erhält eine kurze Nachricht, die ihn erfreut. Xenia hat ihm eine SMS geschickt: „Sorry für die Verwirrung gestern Abend. Mir geht es gut. Es ist im Moment viel auf mich eingestürzt. Wenn sich alles geklärt hat und mein Leben wieder geordnet ist, holen wir unser Treffen in der Weinbar nach. Versprochen! Liebe Grüße, Xenia."

Was die beiden Morde angeht, sind die Müllers also völlig unschuldig. Auf Vater und Tochter warten nun Ermittlungen wegen Vortäuschens einer Straftat. Van Gogh muss sich außerdem wegen seiner Fälschungen verantworten. Das sind gemessen an der ganzen Dimension der Morde eher geringfügige Delikte. Auch geben sie sich geständig. Das dürfte sich bei einem etwaigen Gerichtsprozess als vorteilhaft in Bezug auf das Strafmaß erweisen. Problematisch könnten etwaige Schadenersatzklagen werden, wenn getäuschte Abnehmer seiner Werke ihr Geld einklagen sollten. Zwar scheint Georg Müller derzeit recht knapp bei Kasse zu sein. Andererseits besitzt er nicht nur Fälschungen, sondern ebenso viele echte Militaria, die sich im Internet oder bei Auktionen versilbern lassen.

24.

Er wähnt sich fast am Ziel. Nun muss er nur noch ein letztes Mal handeln und einen weiteren Menschen ausschalten. Danach kann er entspannt auf die Überweisung der Millionen warten. Zwischenzeitlich würde er das Mädchen freilassen, sofern sie seine Botschaft verstanden hat.

Als er das schrille Klingeln hört, zuckt er zusammen. Er ahnt, dass es wieder die Polizei sein wird, denn von anderen bekommt er nur noch ganz selten Besuch. Jetzt bloß keinen Fehler machen, denkt er sich, damit der ganze Aufwand nicht umsonst gewesen ist. Abtauchen und Nichtöffnen geht nicht, das würde ihn erst recht verdächtig erscheinen lassen.

Er geht durch die Diele mit dem Treppenhaus zum Eingang. Kaum hat er die Tür geöffnet, schieben ihn zwei Polizisten hinein und drücken ihn an die Wand. Dann pressen sie seine Hände gegen die Tapete und mit ihren Füßen schieben sie seine Beine auseinander. Sie durchsuchen ihn, finden jedoch keine Waffen. Sie drehen die Arme des Mannes auf den Rücken. Mit einem Klick legen sie ihm die Handschellen an. Danach schieben sie ihn ins Wohnzimmer und setzen ihn auf das Sofa.

Franziska hat inzwischen ebenfalls das Haus betreten. Die Kommissarin rückt einen Sessel zurecht und nimmt Platz gegenüber dem Festgenommenen. Nun wendet sie sich dem Täter zu.

„An Sie hätte ich überhaupt nicht mehr gedacht. Sie hatten doch ein perfektes Alibi."

Er reagiert nicht.

„Wie haben Sie es angestellt?", hakt Franziska nach.

„Woher wollen Sie wissen, dass ich es war", antwortet Bernd Neumeier, der Spielsüchtige aus dem Reihenhaus, der einen Kreuzzug gegen das Glücksspiel führte. Ihn hatte Franziska gleich kurz nach dem ersten Mord befragt und danach eigentlich aus dem Täterkreis ausgeschlossen.

„Leugnen bringt nun auch nichts mehr", bekräftigt sie. „Wir haben Beweise. Gerade konnten wir Frau Gruber in der Jagdhütte oberhalb der Saalburg befreien. Von der Lottoquittung, die Sie eingeschickt haben, wissen wir auch. Sie gehörte einer Tippgemeinschaft, deren Vertrag Sie suchten und von Frau Gruber erhalten haben. Die Tippgemeinschaft bestand aus den drei Männern, von denen zwei seit Dienstagnacht um die Ecke gebracht wurden. Und die Gewinnzahlen waren eine Kombination der präferierten Ziffern von Dr. Ronald Rothmund, die er in der Spielbank gesetzt hatte. Genau diese Spielzahlen haben am Wochenende gewonnen."

„Was beweist das?", fragt Neumeier ein wenig provozierend.

„Ich bin noch nicht fertig", betont Franziska. „Wir haben eben gerade Ihre Garage auf den Kopf gestellt, dabei eine Pistole und Handschuhe gefunden – sehr gut versteckt, muss ich sagen, aber eben nicht gut genug. Die

Handschuhe riechen nach Schießpulver. Wollen Sie die ballistischen Untersuchungen und die Analyse der Schmauchspuren abwarten? Oder möchten Sie sich und uns dieses Theater ersparen? Sie sind der Täter, geben Sie es einfach zu!‘“

Für den Hauch einer Sekunde scheint die Selbstsicherheit verschwunden, Bernd Neumeier macht einen leicht deprimierten Eindruck. Es scheint, als habe er nicht mehr die Energie, sich gegen das drohende Unheil aufzubäumen. Dann verhält er sich wie ein Kind, das bei verbotenen Dingen ertappt worden ist und verbal ein letztes Mal aufbegehrt. Er klatscht Beifall, mit einem höhnischen Blick.

„Bravo, Frau Kommissarin.“

Er zögert für einen kurzen Moment und fährt in sachlichem Ton fort. Es ist Zeit für die Wahrheit.

„Ja, ich wusste, dass der Verdacht gleich auf mich fallen würde – einen Menschen, der sein ganzes Geld im Kasino verloren hat und Leserbriefe gegen die Spielbank schreibt. Andererseits war das die perfekte Tarnung. Niemand wäre so blöd, einen Mord zu begehen, wenn er weiß, dass er als Erster in Verdacht gerät. Genauso ist es ja auch geschehen. Ich brauchte nur ein stichhaltiges Alibi und schon würde mich die Polizei in Ruhe lassen. Um das Ganze noch zu verstärken, habe ich einen neuen Leserbrief geschrieben. Leider hat ihn die Hochtaunus-Post nicht veröffentlicht.“

„Was war Ihr Motiv?“, fragt Franziska.

„Geld“, antwortet Bernd Neumeier. „Habgier, so drücken Sie es in Ihrem Kriminalistenjargon aus. Ich bin dahintergekommen, dass Dr. Rothmund über Nacht sehr reich geworden ist. Er hat am vergangenen Samstag im Lotto gewonnen.“

„Woher haben Sie das gewusst?“

„Reiner Zufall. Ich habe doch den Minijob in der Reinigung, um über die Runden zu kommen. Nahezu jede Woche kam Herr Dr. Rothmund vorbei und gab mir seine schmutzigen Hemden. Darin habe ich die Quittung von dem Lottoschein gefunden. Er hatte mir schon vorher von seinem System erzählt, was er ausgeklügelt hatte. Damit wollte er den Jackpot knacken. Irgendwie war er auch eine Art Spieler, wenn auch nicht so extrem wie ich früher. Eigentlich wollte ich ihm die Quittung wiedergeben. Die Gewinn-Wahrscheinlichkeit ist ja doch nur eins zu 140 Millionen, wie es heißt.“

„Warum haben Sie es nicht getan?“

„Wie gesagt, ich hatte es vor. Bevor ich dazu kam, wurden am letzten Sonnabend genau die Zahlen gezogen, die auf der Quittung standen. Was nun, habe ich mich gefragt? Ich bin dann irgendwann zur Erkenntnis gekommen, dass der Ehrliche im Leben immer der Dumme ist. Also entschied ich mich für den anderen Weg, der in meiner Situation verlockender war. Mit einem Mal schienen alle meine finanziellen Probleme gelöst. Mehr noch, mit einem Schlag war ich Multimillionär. Ich habe das als Gerechtigkeit empfunden, denn die letzten Jahre ging es mir finanziell nicht so gut. Aber das wissen Sie ja … Nur wusste ich, dass mir die Quittung allein nichts nützt. Denn irgendwann würde Dr. Rothmund in der Annahmestelle auftauchen und den Gewinn einfordern. Den Lottoschein musste er noch in seinem Besitz haben. Also musste ich ihn aus dem Weg räumen, er war ein Hindernis für mein neues Glück."

„Und Peter von Löwental?", hakt Franziska nach. „Haben Sie seinen Mord ebenso kaltblütig geplant?"

„Von den anderen und der Tippgemeinschaft wusste ich zunächst nichts", erzählt Neumeier. „Von denen habe ich erst nach und nach erfahren. Als ich Herrn von Löwental im Selbstgespräch im Keller hörte, wusste ich, auch er gehört zu den Lottospielern. Er suchte hastig nach dem Schein. Wenn ich seinen Monolog richtig verstanden habe, wollte von Löwental seiner Frau zeigen, dass auch er zu Geld kommen könnte. ‚Ich werde es dir beweisen', sagte er vor sich hin. ‚Ich bin in unserer Ehe mehr als nur Kostgänger, der seiner Ehefrau auf der Tasche liegt', lauteten seine Worte. Durch den Millionengewinn wäre er nicht mehr länger abhängig von ihr. Das mag zwar wirtschaftlich stimmen, aber akzeptiert hätte sie ihn deshalb noch lange nicht. Ein Lottogewinn wird doch in diesen Kreisen nicht als erarbeitetes Vermögen angesehen. Er muss wohl ziemlich unter ihrer Fuchtel gestanden haben. Jedenfalls hatte er es wahnsinnig eilig, an die Millionen zu kommen. Deshalb musste er dran glauben."

„So einfach war das für Sie? Der Mann hinterlässt zwei Kinder, die jetzt ohne ihren Vater aufwachsen müssen."

„In der Tat ist das tragisch. Doch zu dem Zeitpunkt ist die Sache längst entschieden gewesen. Für mich spielte es nach der ersten Tat ohnehin keine Rolle mehr, ob ich einen oder zwei umbringe. Würde ich entdeckt werden, muss ich sowieso die nächsten 15 Jahre ins Gefängnis. Dr. Reinhold Koch-Wegener wäre heute der Nächste gewesen, doch das haben Sie mit Ihrem Besuch bei mir verhindert."

„Haben Sie das Video in der Spielbank manipuliert, um uns in die Irre zu führen?", möchte Franziska wissen. „Es sah doch so aus, als ob Sie zur Tatzeit anwesend waren."

„Das brauchte ich gar nicht", erklärt Neumeier. „Ich habe im Biergarten ein Gespräch von zwei Mitarbeitern eines beauftragten Dienstleistungsunternehmens mitbekommen. Sie sprachen darüber, dass bei den Aufzeichnungsgeräten die Umstellung auf die Sommerzeit nicht funktioniert hat. Sie hätten dies zufällig bei einer Wartung bemerkt. Die angezeigte Uhrzeit stimmt also nicht, in Wirklichkeit ist es eine Stunde später. Das Ganze soll am Montag routinemäßig behoben werden, dann hätte kein Hahn mehr danach gekräht. Dieses Wissen habe ich ausgenutzt. Also hatte ich die eine Stunde Vorsprung. Um eins war ich wieder in der Spielbank. Die Polizei wird das nicht bemerken, hoffte ich. Offensichtlich hat es funktioniert."

„Wie war es möglich, in der Spielbank ein- und auszugehen, ohne gesehen zu werden?"

„Ich habe einfach gewartet. Immer wenn eine Gruppe hereinkam, waren die Mitarbeiterinnen hinter dem Counter und der Mann an der Tür abgelenkt. So konnte ich unbemerkt in den Park gehen und wieder zurückkommen."

„Und wie sind Sie an das Gift gelangt?"

„Ganz einfach, die Reinigung, in der ich aushilfsweise tätig bin, arbeitet auch für die Klinik. Vor einigen Wochen musste ich dort Wäsche ausliefern und dabei bin ich zufällig auf den Stoff gestoßen, der gerade gebracht wurde. Es stand auf den kleinen Kistchen, dass der Inhalt hochgiftig ist. Keiner hat gemerkt, wie ich mir eine winzige Dosis eingesteckt habe. Ich präparierte dann damit eine Spritze, um ganz sicherzugehen. Wer weiß, ob so ein Schuss wirklich tödlich ist. Und es ließ sich gut damit ablenken. Es hat mir doch keiner zugetraut, an solch hochgiftige Substanzen zu kommen."

„Was ist mit dem Stick und dem Ordner?"

„Die beiden Dinge hatte ich anfänglich nur mitgehen lassen, damit sich die These vom Mord im Historikermilieu verstärkt. Als ich den Inhalt des Sticks auf dem Computer aufgerufen habe, war ich überrascht."

„Was befindet sich auf dem Stick?"

„Der Entwurf eines Vertrages für die Tippgemeinschaft. Allerdings ohne Namen. Also habe ich bei Frau Gruber nach dem Original gefragt. Eine Präsentation fand sich übrigens auch darauf. Ich vermute, es handelt sich um die Pressekonferenz, die Herr Rothmund halten wollte. In der Zeitung wurde darüber geschrieben. War aber alles wirres Zeug, vom letzten deutschen Kaiser, der einen Umsturz plante ..."

„Und der andere Stick, den wir bei Herrn Herzberg gefunden haben ...?"

„Keine Ahnung, den muss er sich wohl zuvor genommen haben", zuckt er mit den Achseln. „Ich rede von dem Stick, der sich in der Klarsichthülle in dem Ordner befand."

„Tja, das Leben ist manchmal wirklich ein Zufall", meint Franziska. „Der Lottogewinn, die defekte Aufzeichnung, das Gift und der Vertrag über eine Tippgemeinschaft. Und schon werden zwei ehrbare Menschen um die Ecke gebracht."

„Ich konnte dabei nur gewinnen", antwortet Neumeier. „Sie haben doch meine Situation selbst gesehen. Ich lebe wie ein Mensch, der sich und die Zukunft aufgegeben hat. Ja, Sie haben mich für einen Spießer gehalten, der sich nicht mal zeitgemäß einrichten kann. Natürlich, die coole Kommissarin, die steht mitten im Leben und weiß, wie moderne Menschen wohnen. Geschmack haben Sie mir nicht zugetraut; das war die ganze Zeit zu spüren. In Wirklichkeit hat mir das Geld für eine neue Tapete und schöne Möbel gefehlt. Ende des Jahres hätte ich sowieso aus dem Haus gemusst. Die Bank hat mir die Pistole auf die Brust gesetzt."

„Und dann haben Sie stattdessen lieber selbst zur Pistole gegriffen. Eine Walther PPK mit Schalldämpfer. Wo haben Sie die Waffe her?"

„Viele machen das heutzutage im Darknet, aber da kenne ich mich nicht aus. Ich habe sie mir bei einem Bekannten im Frankfurter Bahnhofsviertel geliehen. Er sollte eine angemessene Provisionsbeteiligung kriegen. Natürlich erzählte ich ihm nichts von den acht Millionen. Sonst hätte er mehr gefordert."

„Woher wussten Sie von der Hütte?"

„Ich kannte sie durch frühere gemeinsame Jagdausflüge mit Herrn Müller", antwortet Bernd Neumeier. „Wir waren öfter dort unterwegs, bevor ich dem Glücksspiel verfallen bin. Danach war ich nicht mehr gesellschaftsfähig für die feinen Herren. Sie luden mich nicht mehr ein. Ich habe die Hütte trotzdem genutzt, ich hatte ja nicht vergessen, wo der Schlüssel lag. Die Müllers bekamen davon nichts mit, sie sind zuletzt kaum noch da gewesen. Wenn Sie wollen, ist die Hütte für mich eine Art Urlaubsdomizil gewesen, das ich mit meinem gebraucht gekauften Mountainbike schnell erreichen konnte. Geld für Reisen oder gar ein Auto habe ich bekanntlich nicht."

„Sparen Sie sich die Mitleidsnummer. Sie haben zwei Menschen auf dem Gewissen", erinnert ihn Franziska. „Warum ist Maja Gruber von Ihnen entführt worden? Sie hatten doch, was Sie wollten. Und wieso haben Sie dabei Schicksal gespielt und sie am Leben gelassen?"

„Es sollte nur eine kleine Einschüchterung sein, damit sie nicht auf dumme Gedanken kommt; das versprochene Geld hätte ich ihr gegeben. Ich kannte Maja aus der Reinigung. Manchmal brachte sie die Klamotten von Herrn Dr. Rothmund vorbei, wenn der keine Zeit hatte. Deshalb habe ich meine Stimme am Telefon verstellt. Da sie kein Mitglied der Tippgemeinschaft war, konnte sie mir also nicht in die Quere kommen. Es sei denn, sie hätte mich erkannt. Außerdem habe ich sie irgendwie gemocht. In meinem Alter schaut so mancher schon mal hin und wieder den jungen Dingern hinterher. Naiv bin ich natürlich nicht. Ich weiß, da habe ich normalerweise keine Chancen. Mit den Millionen hätte es vielleicht anders ausgesehen …“

„Selbst wenn Sie die perfekten Morde geplant hätten, wären wir Ihnen eines Tages auf die Schliche gekommen“, bekräftigt Franziska Fröhling. „Spätestens wenn Sie das Geld im ganz großen Stil verprasst hätten.“

Eine Woche später

25.

Finale! Heute machen sie die Probe aufs Exempel. Franziska und Nik haben sich in der Spielbank verabredet und wollen ihrem Glück ein wenig auf die Sprünge helfen. Die Kombination zum Erfolg wissen sie schon, das „Kaiserquartett". So nennen sie ihre Roulette-Strategie im Gedenken an die wirre Spur im Doppel-Mordfall Rothmund und von Löwental: 1, 11, 21 und 31.

Um reich zu werden, braucht es Geduld und Beharrlichkeit. Schließlich sind die Gehälter eines Journalisten und einer Kommissarin eher karg. Damit sie nicht gleich Bankrott gehen, setzen sie nur ganz kleine Summen auf ihre Zahlen. Doch zunächst kommen ihre Spielerkarrieren nicht so richtig ins Rollen. Es scheint sich an diesem Abend alles gegen sie verschworen zu haben. Elfmal hintereinander fallen an ihrem Roulettetisch andere Ergebnisse. Besonders häufig gewinnt die Glückszahl 13, aber die befindet sich nicht in ihrer Kombination.

„Nichts geht mehr", meint Franziska ziemlich entnervt. „Ich bin raus."

„Es ist alles eine Sache des Glaubens", entgegnet Nik. „Glück ist nämlich eine Prämie für Überwindung."

Er setzt an zwei Tischen gleichzeitig und das Wunder geschieht: 1! 11!

„Gratuliere!", ruft Franziska. „Jetzt aber ab zur Kasse."

Nik tauscht die Jetons bis auf zwei Glücksbringer ein.

„Und was wird das?", fragt Franziska.

„Abwarten. Ich habe jetzt eine Erfolgssträhne."

„Aha."

„Zwei Zahlen fehlen noch", sagt Nik, während er die 21 und die 31 zeitgleich an zwei verschiedenen Tischen setzt.

Die Kugel rollt und fällt. In Sekundenabständen macht es zweimal „klack": 21! 31! Kaum zu glauben! Wie von Geisterhand gesteuert hat es tatsächlich geklappt.

„Glück im Spiel", grinst Franziska. „Pech in der Liebe."

„Obwohl …", fügt sie hinzu, „Wenn ich so darüber nachdenke, sind Sie ja jetzt eine recht gute Partie."

Er marschiert wieder zur Kasse, um seine Jetons zu versilbern.

„Ich habe schon immer davon geträumt, die Spielbank mit einem satten Gewinn und in Begleitung einer schönen Frau zu verlassen", strahlt Nik, als er zurückkommt. „Roulette ist doch viel cooler als Lotto. James Bond geht immer im Kasino auf Verbrecherjagd. Oder haben Sie schon mal gehört, dass er Lotto spielt …"

„Was haben Sie eigentlich gerade gewonnen?"

„Schätzungsweise 130 Euro", erwidert Nik. „Nach Abzug des eingesetzten Kapitals."

„Na ja, mit der guten Partie ist es wohl nichts", bedauert ihn Franziska mitleidig. „Mit dem Betrag sind Sie nicht mal ein besonders lukratives Opfer. Da nehmen selbst die ärmsten Räuber sofort Reißaus. Zumindest brauchen Sie das Geld nicht zu versteuern."

„Die erste Million ist immer die schwerste", äußert Nik mit leichtem Protest.

Beide gehen durch das kleine Foyer zum Ausgang. Draußen ist es in den letzten Tagen merklich kühler geworden, die Hitze und die Schwüle der vergangenen Wochen sind kaum noch zu spüren.

„Es war ein schöner Abend", meint Franziska, als sie vor der Tür in die Dämmerung schauen. „Und trotz Ihrer ziemlich leeren Brieftasche genießen Sie einmal im Leben richtigen Polizeischutz, wenn wir gleich durch den Kurpark gehen", schmunzelt die Kommissarin. „Diesen Schutz werden Sie brauchen. Wie ich gehört habe, sind die Nilgänse an den Schwanenteich zurückgekehrt und sie sollen ziemlich aggressiv drauf sein."

Die Handlung ist frei erfunden.

Ähnlichkeiten mit Personen sind rein zufällig und nicht beabsichtigt.